# 盲目の織姫は後宮で皇帝との恋を紡ぐ ⑤

小早川真寛

双葉文庫

# 目次



## 階級一覧

| | |
|---|---|
| 皇后 | 蓮香《レンカ》 |
| 従一品 | 貴妃(薇瑜《ビュ》)、賢妃、徳妃、淑妃 |
| 正二品 | 麗姫《リーヤー》　他四名 |
| 従二品 | 五名 |
| 正三品 | 燕媚《ヤンメイ》　他四名 |
| 従三品 | 五名 |
| 正四品 | 五名 |
| 従四品 | 五名 |
| 正五品 | 尚官局長、尚儀局長・小芳《シャオファン》、尚服局長、尚食局長、尚功局長、皇后付宮女頭・依依《イーイー》、林杏《リンシン》 |
| 従五品 | |
| 正六品 | 後宮楽師団長・凛風《リンファ》　など |
| 従六品 | 見習い楽師・春鈴《シュンリン》　など |

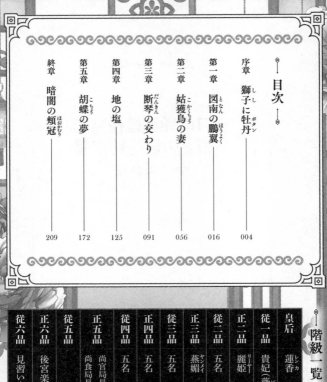

薇《ビ》喩《ユ》
蓮香を皇后とするため、
貴妃の座に降格された。
耀《ヨウ》世《セイ》
元・双子の皇帝のひとり。
今は一人で皇帝を務めている。
蓮香を溺愛している。
瑛《エイ》庚《コウ》
耀世に皇帝の座を譲った
元・双子の皇帝のひとり。
氾《ハン》蓮《レン》香《カ》
盲目の機織り宮女だったが、
皇帝に見初められ、皇后となった。
鋭い感覚と頭脳で、後宮内外で起きる
事件を解決してしまう。

# 序章　獅子《しし》に牡丹《ボタン》

薇喩《ビユ》様というかつての主を失ってから半年――。

閑寂《かんじやく》になった貴妃宮《きひぐう》の最奥の部屋に足を踏み入れた瞬間、足元から伝わる冷気に思わず足が止まる。

まるで薇喩《ビユ》様に叱責《しっせき》されたような緊張感が全身を走った。

「うぁ！　なんですか⁉　この床……。石？」

横で私の手を引いてくれていた林杏《リンシン》は、周囲をはばかることなくそう声をあげた。林杏《リンシン》の素《す》っ頓狂《とんきょう》な声に、私達の後ろに続いていた宮女達が小さく肩を震わせた気配が伝わってきた。

無駄に驚かされた彼女達が批判めいた声をあげなかったのは、皇后付きの宮女頭補佐となった林杏《リンシン》の元で仕事をするようになり久しいからだろう。既に林杏《リンシン》の宮女らしからぬ言動は日常になっているに違いない。

私は床材の正体を探るために何度か床を足で小さくたたき、その音を確かめる。少し柔らかい音が返ると共に、つるりとした石材に私の足が微かに滑るのが分かった。

「万年青《マンネンアオ》ね」

「え……、なんですか？　それ」

返ってきた林杏《リンシン》の声には何かを疑うような響きが混じっていた。目の見えない私が、彼女が知らない珍しい床材の名前を口にしたことが俄《にわ》かに信じられないのだろう。

「三年前、南方で採取されるようになった石です」

私達の後ろにいた依依《イーイー》は、そんなことも分からないのか、と言わんばかりに大きくため息をついた。

私が皇后となってから皇后付きの宮女頭となった依依《イーイー》は、私付きの宮女の統括だけではなく様々な書類に目を通してくれるようになった。地方から上げられる報告書を読み上げているうちに、林杏《リンシン》とは異なり自然と各地の特産物などについての知識も増えているようだ。

「濃い緑が特徴で遠目からは黒に見えることから、高級資材として注目を集めています。北方では神殿の装飾品などに使われていたようです」

「この黒いのがね……」

そんな価値はない、とでも言いたげな林杏《リンシン》に私は小さく笑う。

「初夏なのにヒンヤリとして気持ちいいじゃない」

「確かに黒いのに冷たくて不思議ですけど……。ま、いいや」

林杏《リンシン》はそれっきり、床材について興味を失ったのだろう。

「私は東側の部屋を確認しに行きますね」

と言うと私の手を離し自分の仕事をするため宮の奥に向かっていった。

万年青が我が国で発見されたのは、ほんの数年前のことだ。北方では高級床材として使われていることもあると聞いていたが、それを短期間で後宮でも実践に移した薇《ビ》喩《ユ》様は流石としか言えない。

「流石《さすが》、薇喩《ビユ》様ね」

単に贅沢《ぜいたく》をしたいというわけではないに違いない。

石材の種類によっては、その扱いが難しいこともある。見た目がよくても加工の手間がかかりすぎては、資材として利用することはできない。そのため多くの石材は実際に加工してみないと資材として使えるかどうかが分からないのだ。

薇喩《ビユ》様は自分の宮で実際に使用することで、我が国でも資材として使えるかを確認したかったのだろう。

「ですが宮の改装の申請には、万年青を資材として使うというような記載はなかったはずですが……」

　そう言ったのは林杏《リンシン》に代わり、私の手を取った依依《イーイー》だった。林杏《リンシン》とは別の所に目を付けた依依《イーイー》に、なるほどと感心しつつ私は宮の奥へ歩を進める。

「慣例を重んじる後宮の人間に、新しい床材として認めさせてから着工していたら、完成するまでに十年以上かかるでしょうね」

　その申請が通るのを真面目に待っていたならば、高級資材に関する利権を貴族もしくは下手をすると隣国に奪われかねない。奪われるだけならば仕方ないが、最悪、その資材を求めて隣国との戦にも発展しかねない。

　皇后であった時には様々な身分の后妃を統括するために厳格な規則を作り後宮を管理していた薇喩《ビユ》様だったが、国益のためには厳格な規則すらあっさりと破ったのだろう。そんな薇喩《ビユ》様らしい緩急《かんきゅう》のつけ方を彼女がいなくなった宮で改めて知ることとなった。

「薇喩《ビユ》様が規則を破ってくれたおかげで、万年青が採石された土地に皇帝派の官僚を送り、国で管理することができたのよ」

「そうですが……」

　不満そうな依依《イーイー》の返事を笑うかのように華やかな牡丹の香りが風と共に吹き抜けて

きた。

「この匂い……。庭に牡丹がまだあるの？」

後宮で開催される『花の品評会』では、薇喩《ビユ》様が大輪の牡丹を出品し優勝するまでの流れが恒例となっていた。そんな彼女の庭は、無数の牡丹が咲いていることで有名だった。

「全て私の庭へと、お願いしていたはずだけど――」

私は匂いをたどりながら、ゆっくりと歩を進める。

一歩一歩踏み出す度に私の足音は宮の壁に響き、この部屋ががらんどうであることを伝えてきた。

「はい。全て移すように指示もしており、私も確認していたのですが……」

依依《イーイー》は不思議そうに首を傾《かし》げる。

「手違いがあったのかしら」

依依《イーイー》と共に首を傾げながら、私は薇喩《ビユ》様の最後の言葉を思い出していた。

『妾《わらわ》がいなくなった後は、宮のものを全て処分しておくれ』

初めてと言ってもいいほど低姿勢な態度で頼まれたため、鮮明に記憶している。それは決してささやかな願いではなかったが、後宮の元主《あるじ》である薇喩《ビユ》様の願いであるからこそ完璧に遂行したいと思わされた。

本来ならば皇后である私がすることではないが、こうして確認のために足を運んだのは薇喩《ビユ》様の願いを完璧に叶えたかったからだ。

「こっちは何もありませんよ」

東側の部屋を確認しに行った林杏《リンシン》は、大きくため息をつきながら戻ってきた。

「でも迷惑な話ですよね。宮に所狭しと置いてあった家具を処分しろだなんて。しかも一つ一つが高級だから重いのなんのって」

薇喩《ビユ》様の宮から全ての家具を運び出す作業の指示と監督にあたったのは林杏《リンシン》だった。

「林杏《リンシン》が運んだわけじゃないですよね」

依依《イーイー》の冷静な指摘に林杏《リンシン》は、そういう問題じゃないですよ、と再び声高らかに叫んだ。あまりの声の大きさに部屋の壁が微かに震えたような気がした。

「指示を出すにしても気軽に『それ運んでおいて』なんて言えない物ばかりじゃないですか」

林杏《リンシン》らしからぬ発言に私は、なるほどと頷《うなず》く。

「結局、全て離宮に運び出すのに半月もかかったんですよ」

薇喩《ビユ》様には処分してくれと言われたが、何故だかそれが忍びなく私は離宮へ運び出すように指示を出したのだ。戻ってくることは決してないと思いながらも、それを処分してしまうことは薇喩《ビユ》様との記憶も捨ててしまうような気がしたからだ。

匂いをたどった先にあった陶器に指先が触れ、ようやく部屋に広がっていた牡丹の香りの正体に気付くことができた。

「花瓶だったのね」

「おかしいな……。調度品も全部運んだんだけどな」

いぶかしげに首を傾げる林杏《リンシン》の横で、依依《イーイー》は「漏れていたんじゃない?」と当たり前のように小さく呟《つぶや》いた。

「私が飾らせた」

庭先から投げかけられた耀世《ヨウセイ》様の声に私はゆっくりと振り返る。林杏《リンシン》や依依《イーイー》をはじめその場にいた宮女達が、勢いよく跪礼《きれい》をする音が響いた。

「何もない部屋を確認するのは寂《さび》しいかと思って飾らせたが……、逆に寂しい想いをさせたか」

そう言うと耀世《ヨウセイ》様はあえて宮女達をそのままにして、私の手を引くと庭先へと連れ出した。手のひらから伝わる微かな温《ぬく》もりが彼の優しさを代弁しているような気がして思わず、その手を握り返してしまう。

「何もなくなってしまいましたからね」

薇喩《ビユ》様がこの庭の主だった頃には、庭には牡丹だけでなく様々な花や木が植えられていた。今はそれが全て掘り返され私の庭へと移されている。残った庭は土のむせ返るような匂いだけを放っていた。

「だが、それが薇喩《ビユ》の願いだ」

耀世《ヨウセイ》様の言葉に私は静かに頷く。

「明日、入宮されます新たな貴妃様のことを考えましても全て処分する方がよいと思います」

これまで『貴妃』の位が空席となった場合は、後宮内の后妃を指名することを通例としていたが、今回は新たに后妃を迎えることになっている。

その后妃も国内から『選秀女《せんしゆうじよ》』の試験を行い選定するのではなく、北方の国の公主を新たに迎える予定だ。いわば国賓として扱わなければならない存在なのだ。

そんな方に誰かが使っていた家具や調度品を使わせるわけにはいかないだろう。おそらく薇喩《ビユ》様が最後の言葉を残さなくても、この宮の一切合切が処分される定めだったには違いない。

「それに後宮で薇喩《ビユ》様のような地位を築かれていない后妃様が、かような調度品を持っていらっしゃいましたら妬《ねた》みの原因ともなりましょう」

貴妃となった薇喩《ビユ》様は皇后時代に使っていた調度品を全てこの宮に運びこんでいた。林杏《リンシン》が愚痴《ぐち》をこぼすほど豪華絢爛《けんらん》な家具だったに違いない。

「新たな貴妃が、薇喩《ビユ》の調度品を気に入らぬ可能性もあるな」

「倭《わ》国の調度品が多くございましたからね……」

薇喩《ビユ》様もまた隣国・倭国の君主の娘——元公主であったため、部屋の調度品の多くは我が国のものではなくかの地の意匠《いしょう》が用いられたものばかりだった。

「薇喩《ビユ》はおそらく分かっていたのだろうな」

「と言いますと?」

立ち止まり懐かしそうに呟いた耀世《ヨウセイ》様の言葉を促すと、彼は無邪気に小さく笑い声をあげた。

「自分は他に代わりが利くということを——だ」

「それが誰であろうと『貴妃』という地位は、政治的に大きな意味合いを持ちますからね……」

貴妃の身分が空席になったと分かった瞬間、国内の有力貴族達は自分の娘を後宮へ入れようと躍起《やっき》になった。皇后に次ぐ地位を持つ『貴妃』が我が子であれば、どれほど政治的に有利になるかを彼らは痛いほど理解していたのだ。

だから、あえて私は新たな『貴妃』を外部から招くよう耀世《ヨウセイ》様に提案したのだ。今までの薇喩《ビユ》様の働きを考えると、国内の貴族よりも外交にも使える外部の存在が必要だと考えたのだ。勿論《もちろん》、諸外国から公主を後宮に迎えるということは決して容易なことではなかった。だが、薇喩《ビユ》様が居なくなった後宮の存在意義を考えた時、そうする以外の選択肢は私の中にはなかったのだ。

そんなことを考えながら庭の土を踏みしめていると、私の胸には悲しみと後悔に似た感情がこみあがってきた。

「後悔しているのか？」

気遣うように尋ねられ、私は自分が犯した大きな罪に心を痛めていたことに気づかされた。

そうだ……。

この宮の調度品や草木——いや、それだけではない。彼女がなによりも誇りとしていた『皇后』や『貴妃』という身分を彼女から奪ったのは誰でもない私だ。

様々な事件を解決してきたが、この後宮で自分が罪を犯す立場になるとは思ってもみなかった。

「薔喩《ビュ》様は誰よりも『皇后』の名前にふさわしい方でした」

彼女が歩けば、後宮は華やかで厳《おごそ》かな雰囲気に一瞬にして変わった。彼女自身が、この後宮を彩っていると言っても過言ではなかった。

まさに獅子《しし》と共に描かれる大輪の牡丹のような人だった。それは名画の様式美であるのと同じように我が国の後宮にとって彼女は欠かせない存在だったのだ。

「蓮香《レンカ》はそれ以上に素晴らしい皇后だ」

耀世《ヨウセイ》様は私の手を強く握り、そう言ってくれたが私は力なく首を横に振る。

「薔喩《ビュ》様には敵いません」

「新たな貴妃の入宮は延期するか？」

慰めの言葉が意味をなさないことに気付いたのだろう。耀世《ヨウセイ》様は私の心を慰める新たな提案をしてくれた。

私には甘すぎる彼らしい提案だ。できるならばその言葉に従ってしまいたかったが、私は花瓶から香る牡丹の香りに顔を上げる。

「そのようなことをしましたら、薔喩《ビュ》様に怒られます」

確かにな、と耀世《ヨウセイ》様は楽しそうに声をあげて笑った。

「薔喩《ビュ》なら、どこからか聞きつけ怒りの手紙をしたためかねない」

それが決してできないことであることを知りながら、耀世《ヨウセイ》様は私の話に合わせてくれた。

「大丈夫だ。何があろうと蓮香は最高の皇后であり、唯一無二の存在だ」

「ありがとうございます」

その一言で私の背中が押されたような気がした。

土の香りが立ち込める庭で、牡丹の香りをはらんだそよ風を頬《ほほ》にうけながら、私は静かに目を閉じた。新たな『貴妃様』を迎える宮について思いを馳《は》せながら。

# 第一章　図南《となん》の鵬翼《ほうよく》

「蓮香様！　蓮香様！　大変ですよ」

皇后宮に駆け込んできた林杏《リンシン》を「皇后様です」と短く叱責したのは依依《イーイー》だった。

私が座る機織り機の隣で読み上げていた書簡を苛立《いらだ》たし気に握りしめる音が聞こえてきた。彼女が同様の注意を林杏《リンシン》にするのは、これが初めてではないからだろう。

「あ、そうだった！　皇后様、大変ですよ」

慌てて『皇后』という言葉を使った林杏《リンシン》に私は、いいわよ、と小さく手を振って見せる。

「正二品《せいにひん》の后妃様達が着物の色が被《かぶ》ると大騒ぎなんですよ」

「またそのこと……」

薇喩《ビユ》様の母国である倭国からの使者が来ると決まった数か月前から、幾度となく繰り広げられているこの問題に大きくため息をつく。つい先月も着用予定の着物が同じ意匠だ——と后妃達が諍《いさか》いを始めたので、いくつか新たな意匠を提案しなんとか収拾させたばかりだ。

「それが正二品の后妃様のお一人が急遽《きゅうきょ》、着物の色を変えたら、それに倣《なら》うように皆さまも変え始めて……」

大変と言いながらも林杏《リンシン》の声はどこか楽しそうだ。この非日常的な騒動をどうやら彼女は楽しんでいるらしい。そのことに呆《あき》れながら私は再び息を吐く。今度は落胆のため息ではなく気持ちを切り替えるための深呼吸だ。

「もういっそのこと黒に統一できないかしら。みんな一緒ならば問題も起こさないでしょう」

「すごくいいですね！　それなら行事ごとに着物を新調する時も用意するのが楽ですもん。尚衣局《しょういきょく》の子達、きっと今回の使節団の来訪のせいで、しばらくちゃんと寝てないいんじゃないかな……」

皇后となった今も私が機織りを続けているため、林杏《リンシン》は尚衣局の人間とも交流があるのだろう。彼女の耳には、どうやら尚衣局の宮女らの愚痴や悲鳴が届いているに違いない。

「それ皇后令にしちゃいましょうよ」

皇后令とは、皇后に与えられた数多くある権限のうちの一つだ。誰の許可を得ることなく後宮内での規則を新たに作ることができるのだ。

林杏《リンシン》は名案だと言わんばかりに手を叩《たた》くが、私の隣で依依《イーイー》が無理だと首を横に振った。

「祖国からの使節団を迎えるのに、薇喩《ビユ》様がそのような地味な色で納得されるとは思えません」

使節団の大使《たいし》は薇喩《ビユ》様の兄である人物が務めるらしい。つまり使節団の来訪は外交的に重要な催事であると同時に薇喩《ビユ》様にとっては親族との久々の再会になるわけだ。

「尚衣局では、薇喩《ビユ》様の着物を作製するための班が新たに作られましたからね」

林杏《リンシン》は独り言のように呟くと、そうだ、と手を叩いた。

「それなら皇后様と従一品《じゅういっぴん》の后妃様だけ好きな色を選べるっていうのはどうです？」

「自分だけ目立つようなことできるわけないでしょ」

私は林杏《リンシン》の安直さに、げんなりしながら、その案を一刀両断にする。皇后である私も含め全員が黒い着物を身に着けるからこそ意味のある解決策なのだ。華やかな後宮ならではの悩みに私は大きくため息をつきながら、手元の機織りに集中することにした。

◇◇◇

それから数日後、私は謁見の間で倭国の使節団の大使が国書《こくしょ》を読み上げるのを聞いていた。

「倭国の天子、書を紫陽国《シヨウ》の天子に致す。恙《つつが》なきや——」

朗々たる声で読み上げられた文言は、誰もの耳を魅了していた。決して高すぎも低すぎもしないその声は心地よく耳に響き、退屈な内容の国書も心地の良い曲を聞かされているかのようだった。

謁見の間の至る所から、時々「ほぅ」とため息が漏れる音も聞こえてきた。

おそらくこの人物は声が良いだけではないのだろう。

彼が謁見の間へ足を踏み入れた瞬間、その場にいた多くの者がその姿への称賛の声を上げていた。

「あんな綺麗《きれい》な銀髪見たことないわ」

その言葉を証明するように、玉座へと近づいてくる大使の髪はさらさらと音を立てていた。おそらく長い髪を一つにまとめ上げているのだろう。

「若いのに使節団の大使なんて——」

「青闈《セイイ》様と仰るらしいわ」

「貴妃様の兄上でいらっしゃるみたいよ」

大使が歩を進める度にざわめきが謁見の間を移動する。おそらくその横顔には誰もが引き付けられるだけの端正さがあるのだろう。

「倭国では皇太子でありながら、大将軍も務められているのだとか」

確かに彼の歩き方は武術を得意とする耀世《ヨウセイ》様の歩き方と似ていた。重心が左側に傾いていないのは現在刀剣を持っていないからだけではないだろう。おそらく剣よりも弓などの武器を得意としているに違いない。

「ご結婚はされているのかしら」

宮女達は口々に使節団の大使の容姿を賞賛し、その人となりを知りたがった。林杏《リンシン》も皇后である私の後ろに控えていなければならない立場だということを忘れ、悲鳴に似た黄色い声を上げていた。

だが彼が国書を読み上げ始めた瞬間、ざわめきが広がっていた謁見の間が静まり返ったのだ。そうせざるをえない圧倒的な響きがそこにはあった。

そんな国書の内容を聞きながら、耀世《ヨウセイ》様の右横に座る薇喩《ビユ》様に意識を集中させる。

不機嫌そうに扇を開く音がすると、いつもとは違う倭国特有の絹織物が擦《こす》れる音が微かに聞こえ菊《キク》の香りが漂ってきた。直前に薇喩《ビユ》様の着物を見たという林杏《リンシン》によると錦糸《きんし》で菊の花が細かく刺繍《ししゅう》された着物を着ているらしい。

菊は倭国にゆかりのある花だ。想像した以上に、この使節団の来訪を薇喩《ビユ》様は楽しみにしていたのだろう。やはり家族を前にすると彼女もまた一人の女性に戻るのだろうか、と考えると少し心が温かくなるような気がした。

だが数刻後、その考えが大きく外れていたことに気付かされることとなった。


「お役目も果たされたことですし、即刻お帰りください」

使節団の謁見が終了した後に開かれた宴会で薇喩《ビユ》様が開口一番に口にした言葉は意外なものだった。その言葉にはどこか怒りに似た響きがあり、決して冗談ではないことが直ぐに分かった。

「久しぶりに会いましたが我が妹は相変わらずですね」

だが青闈《セイイ》様は薇喩《ビユ》様の苛立った声色も物ともせずに、逆に彼女の言葉を鼻で笑う。

「皇帝陛下にご挨拶《あいさつ》をするためだけに、我が国の使節団がこの地に来たわけではないことぐらい知っているでしょうに」

「勿論ですが……」

珍しく動揺している薇喩《ビユ》様の声に驚きながらも、私は心の中で青闈《セイイ》様の言葉に静かに同意していた。

我が国には各国から使節団が訪れるが、彼らは単に祖国の元首の言葉がつづられた国書を届けにくるわけではない。最大の目的は我が国での貿易だ。我が国は様々な国と国交を結んでいるので都の大きな市に足を運べば世界各国の特産物を手に入れることもできるし、使節団が祖国から持ってきた特産物を売ることもできる。

それ以外にも我が国で学問や芸術などを習うための留学生を同行させることも使節団の目的としている。中には使節団が帰国する船では帰らず、数年後にまた使節団が訪れるまで我が国で過ごす長期滞在型の留学生もいる。

「今年も倭国の楽師が数名、後宮で紫陽楽《シヨウガク》を習う手はずになっています」

「兄上は楽師ではございませんよね？」

子供のような反論に青闈《セイイ》様は快活な笑い声をあげた。

「だから『皇后』の位《くらい》を廃されるのですよ」

耀世《ヨウセイ》様も含め誰も口にしなかった重大な事実を青闈《セイイ》様はさらりと口にする。

「なっ」

薇喩《ビユ》様は言葉を失い、勢いよく扇を開く。その陰でキュッと唇を噛《か》む音が聞こえてきた。青闈《セイイ》様もそれに気付いているようだが、言葉を止めることはなかった。兄だから当たり前かもしれないが、どうやら彼の中には『薇喩《ビユ》様の機嫌をとる』という言葉はないのかもしれない。

「これまで薇喩《ビユ》が皇后として上手くやっているという話は我が国にも届いていましたからね。最初は『貴妃』に降格された件について、陛下に文句の一つでも言ってやろうかと思っていましたが――」

青闈《セイイ》様はそう言うと言葉を一度区切り、ゆっくりと向かいに座る薇喩《ビユ》様から耀世《ヨウセイ》様の隣に座る私の方向へ身体を向けた。

「新しい皇后様を拝見して陛下のお考えがよく分かりました」

「薇喩《ビユ》殿に手落ちがあったわけではございません。ただ――」

嫌味ともとれる青闈《セイイ》様の言葉を耀世《ヨウセイ》様は慌てて否定するが、その言葉を青闈《セイイ》様は笑い声で断ち切った。

「それ以上言っては、薇喩《ビユ》が本当に可哀想になってしまいます」

「兄上っ」

薇喩《ビユ》様の叱責の声に青闈《セイイ》様は笑い声を止めるが、変わらず肩を楽しそうに震わせている。そんな二人のやりとりに、ほっとしたのか、ようやく耀世《ヨウセイ》様も笑い声をあげた。

実は倭国からの使節団が来ると決まってから耀世《ヨウセイ》様は「薇喩《ビユ》の件で大使殿に責められるに違いない」と胃を痛めていたのだ。

「そうでした。今回の謁見の土産《みやげ》に占い師を連れて参りました」

「占い師でございますか⁉」

青闈《セイイ》様の言葉に嬉《うれ》しそうに声を上げたのは、先月新たに徳妃《とくひ》として即位した后妃だった。

少し気圧《けお》されるように、ええ、と頷いた青闈《セイイ》様のために私はゆっくりと口を開いた。

「実は後宮では占いが流行《はや》っております」

そもそもの発端は、先ほど黄色い声を上げた徳妃だった。彼女はどうやら後宮に来る前から占いに傾倒していたらしい。着物の色だけでなく、置物の場所、茶会を開催する方角など全てを占い師の助言に従っていたらしい。そのおかげで徳妃に昇格することができた——ということから後宮では占いが大流行することになった。

実際は、単に彼女が元々従一品に次ぐ正二品の后妃であり、空位であった徳妃の地位を埋めるために形式的に昇格しただけなのだが、彼女は『占いのおかげだ』と後宮中を触れ回ったのだ。

「倭国の方々をお迎えするための着物も占い師の助言を得て決めた、と言う者も少なくなくとても大へ――」

この数か月、后妃達が着物の柄や色で言い争っていたのも、占いの結果に左右されたためだった。縁起のいい色や意匠は限られているので当然といえば当然だ。

言葉にすると何度も勃発した諍いが脳裏に蘇《よみがえ》り、げんなりした気持ちにさせられた。だが薇喩《ビユ》様の兄の前で話す愚痴ではないと気付かされ、

「活気づいておりました」

「大変」と言う言葉を「活気づく」と言い換えた。

「それではこの者も後宮で可愛がっていただけるはずです。本当によく言い当てて感心させられます」

「ありがとうございます」

耀世《ヨウセイ》様も占い師が巻き起こした今回の着物騒動のことを知っているのだろう。やや緊張した口調でそう感謝の言葉を口にした。

「して――名前は？」

耀世《ヨウセイ》様がそう言うと、占い師は跪礼したまま「佩芳《ペイファン》でございます」と遠慮がちに自らの名前を伝えた。

その声はややくぐもっていたので、布か何かで顔を隠しているのだろう。

そのしわがれた声に少し困ったように耀世《ヨウセイ》様は、「男なのか……」と小さく漏らした。

普通の男が後宮に足を踏み入れることは許されていないので、耀世《ヨウセイ》様が困惑するのももっともだろう。

「その点はご心配なく。この者は先帝時代、宦官としてこの国の後宮で働いていたようなのです」

「元宦官なのか。それならば、ちょうどいい。そなたの占いで、我が後宮の后妃らも導いてやってくれ」

「恐れ多き言葉でございます」

耀世《ヨウセイ》様の言葉は形式的なものだったが、占い師はそう言うとさらに額《ひたい》を床にこすりつけた。

確かに一介の占い師が皇帝から声をかけてもらえるという機会は滅多にないだろう。現に徳妃様付きの占い師も耀世《ヨウセイ》様に謁見したことはない。

「皇后様」

そんな和やかな雰囲気に紛れるように私の裾《すそ》を引きながら依依《イーイー》が小さな声でそう囁《ささや》いた。

微かに声の方向に顔を向けると、依依《イーイー》から微かに汗の匂いを感じた。どうやら彼女にしては珍しく焦っているのだろう。

「どうしたの？」

「料理に何か問題でもあった？」

宴席では百種類を超える料理が出される。この指揮は尚儀局《しょうぎきょく》局長と共に依依《イーイー》も携わっていた。

「実は薇喩《ビユ》様の毒味役が体調を崩しており、林杏《リンシン》を貸して欲しいと言われまして――」

「毒味役が？」

後宮では皇帝だけでなく后妃一人一人に毒味役が付けられている。今回の宴会でも毒味役は后妃の料理を事前に食べる役割を担っている。

「でも他にも――」

他にも暇な宮女はいるでしょ、と言いかけて私は慌てて口を閉じた。基本的に仕事をさぼるクセがある林杏《リンシン》は宮女頭補佐となってから、他の宮女に面倒な仕事は全部押し付けているのは知っていた。

皇后付きの宮女で暇な宮女を差し出せと言われれば、林杏《リンシン》以外いないだろう。

「毒味役は嫌だと駄々をこねているのね？」

「はい」

心苦しそうにそう言うと依依《イーイー》は頷いた。

「毒味をする時は銀の箸《はし》を使うように言ってちょうだい」

「銀――ですか？」

依依《イーイー》は不思議そうに首を傾げる。

「もし毒が料理に含まれていれば、銀の箸は黒く変色するはずよ」

「ありがとうございます」

声を抑えながらも依依《イーイー》は差し出された解決案に、嬉々《きき》とした声を上げすぐに奥へと戻っていった。

どうやら先ほどから一向に料理が運ばれてこないのは、そんな背景があったのか――と思わず笑みが硬くなった。

「大丈夫か？」

私達のやりとりに気付いたのか耀世《ヨウセイ》様は私に顔を近づけ、小さく尋ねた。

「林杏《リンシン》でございます」

何が起こったかの説明の代わりに、その名前を告げると耀世《ヨウセイ》様は、あぁ、と納得したように頷いた。

「林杏《リンシン》か」

既に彼女が問題を起こすのは日常になっており、左程《さほど》大きな問題ではないという共通の認識が私達の中で生まれつつあった。


それから半刻後、料理は驚くほどの遅さで供されることとなった。

「まだごねているの？」

少し離れた場所から、林杏《リンシン》がカチャカチャと音を立てながら料理を突っつく音が聞こえてくる。音から察するに油で揚げた魚に餡《あん》がかかっている料理にちがいない。

「銀の箸の効果が表れるのを確認しているようです」

私の隣に控えていた依依《イーイー》にそう伝えられて、私は大きくため息をつく。

「銀の箸は手に入れることができたのね」

銀の箸は非常に高価なものなので、後宮では基本的に皇帝や后妃にのみ用意されている。宮女も使用することは可能だが給金の少ない宮女が簡単に用意できるものではない。

「はい。体調を崩した薇喩《ビユ》様の毒味役に銀の箸を持っていないか聞きにいこうとしたところ、近くにいた正三品の燕媚《ヤンメイ》様付きの宮女が見かねて貸してくださいました」

「燕媚《ヤンメイ》様――」

私は記憶の中から正三品の后妃について、思い出すことにした。

「確か第二公主の生母よね」

依依《イーイー》は短く「はい」と私の記憶を肯定してくれた。

「元々は地方官吏の娘という出自から従四品で入宮され、公主の誕生に伴い正三品に召し上げられました」

依依《イーイー》の説明が私の記憶をより鮮明にしていく。耀世《ヨウセイ》様達が皇帝に即位して間もなく行われた選秀女で入宮している人物だ。おそらく地方出身という不利な点すらも問題としない程美しい方なのだろう。

「……少し気になったのですが、陛下は正二品の后妃様の元までしか渡られませんでしたよね。何故、従四品だった燕媚《ヤンメイ》様の元へ陛下は渡られたのでしょう?」

正二品までの后妃は全員、有力貴族の娘か隣国の公女と言うことが多い。そのため瑛庚《エイコウ》様は正二品までの后妃との間に平等に子供を作る必要があると考え、それ以降の后妃の元へは渡っていなかった。

「即位した当初は律儀《りちぎ》に全員の后妃の元に行かれていたみたいよ」

「その短期間で第二公主を身ごもられたと」

感心したように、そう呟いた依依《イーイー》に私は静かに頷く。

「公主の母となっても地方官吏の娘という地位から正三品の后妃にしかなれなかった燕媚《ヤンメイ》様を見て、陛下も色々と考えられたのかもしれないわね」

おそらく燕媚《ヤンメイ》様が生んだのが皇子ならば、その扱いも変わったのだろう。だが公主であったことから、その身分を大きく変えることはできなかったに違いない。『公主の母親でありながら』おそらく、そんな劣等感と共に彼女は後宮での日々を送っているに違いない。

「期待させて失望させるぐらいならば、その可能性を与えるべきではない……、と言ったところでしょうか」

「そうね。瑛庚《エイコウ》様は本当にお優しいから」

依依《イーイー》の憶測に、私はゆっくりと頷く。

瑛庚《エイコウ》様は、基本的に女性が好きだ。それは単に女好きという域を超え、女性は全員、大切に愛おしむ対象としている節がある。だからこそ時にはその場限りの優しさが、相手を苦しめることも理解しているのだろう。

「その公主様もお身体が弱かったわよね」

「はい。先月から体調を崩されていらっしゃいます。今日も列席されていますが、あまり体調はよろしくないようです」

依依《イーイー》はそんなことも把握しているのか、と思わず感心させられた。

「だから毒にも人一倍敏感なのかもしれないわね」

林杏《リンシン》に貸してくれた銀の箸は、燕媚《ヤンメイ》様付きの宮女が持っていた予備のものに違いない。

「確かに毒の知識もあるようでした」

「後宮では単なる病気ではないことも多々あるからね」

公主の母であるという立場から毒には非常に敏感なのだろう。

たとえそれが皇位継承権を持たない公主だとしても皇帝の子供である以上、政治的価値は少なからずある。そしてそれを邪魔だと思う人間も少なくないはずだ。

「ですが慎重すぎます。燕媚《ヤンメイ》様の宮女が『毒が反応するのには時間がかかる』と助言したので、林杏《リンシン》は、ああして時間をかけて確認しているんです」

余計なことを言ってくれたと言わんばかりに依依《イーイー》は少し声を荒げた。

「もしかして、料理も自分で取り分けているの？」

大皿料理でも后妃一人につき一皿が用意されている。それを尚食局《しょうしょくきょく》の宮女が、小皿に効率よく取り分け、后妃へ供される。勿論、毒味用の料理もその宮女によって用意されるのが一般的だ。

「はい。銀の箸で料理に触れる時間を増やすのだ――と言って」

自分が人選を大きく誤ったことにようやく気付かされた。

「ようやく毒味をしたようでございます」

「石斑魚《ハタ》の蒸魚《チンジョン》でございます」

依依《イーイー》が言い終わり少しすると、尚食局の宮女の簡単な説明と共に一枚の皿が供された。

南方でしか採れず、その大きさから高級魚とされている石斑魚《ハタ》。さらに蒸魚《チンジョン》という調理方法は魚の姿蒸しで、毒味をするにしても身を骨から外すところから始めなければいけない。林杏《リンシン》が毒味に時間がかかっていた理由がようやく分かった気がした。

皿が置かれた場所と香りを頼りに、ゆっくりと箸を動かし口の中に入れる。すると、口の中に微かな酒の香りと共にふっくらとした白身魚の味わいが広がった。「美味《おい》しい」と小さく呟きそうになり、言葉を飲み込む。

『皇后はむやみに感想を漏らしませぬ』

薇喩《ビユ》様の教えを思い出したからだ。

『皇后の一言が後宮でどのように影響することか』

その一言で食材の仕入れ先が変わったり、献立が変わったりしたこともあるという。

隣で静かに見守ってくれる依依《イーイー》や必死に毒味をしてくれている林杏《リンシン》らと共に無邪気に感想を言い合いながら食べていた日々のことを思い出した途端、口の中の料理が味気なくなるから不思議だ。

「貴妃様‼」

しかし広間に悲鳴に似た叫び声が響くと先ほどまで感じていた感慨深さは吹き飛び、勢いよく口に残っていた魚を飲み込んだ。宮女の叫び声を背景にして、小さくくぐもったうめき声と共に誰かが倒れる音が聞こえてきたからだ。

「宮医を早く呼んで」

私の指示を聞くや否や、その場を立ち去った依依《イーイー》の足音を聞きながら私は慌てて席から立ち上がる。

「蓮香。待て」

薇喩《ビユ》様の方へ駆け寄ろうとした私を耀世《ヨウセイ》様が、サッと遮った。

「おそらく毒だ。近づくな。お前が犯人にされる」

耀世《ヨウセイ》様はさらに私に顔を寄せて小さく囁いた。

「毒味役の林杏《リンシン》は既に拘束されているだろう。林杏《リンシン》の主《あるじ》である蓮香が黒幕と思われているに違いない」

「構いません」

皇后の地位を狙《ねら》う者は数知れず、私に罪を着せようとする人間が後宮にあふれていることも痛いほど知っている。だが、ここで薇喩《ビユ》様を見殺しにするわけにはいかなかった。

私がそう断言すると、耀世《ヨウセイ》様の手が緩んだ。それを振りほどき私は「貴妃様！」と泣き叫ぶ宮女の声がする方へ駆け寄った。

「先ほどの石斑魚《ハタ》を食べて？」

「は、はい！」

半泣きになりながら、そう頷いた宮女の言葉を聞きながら薇喩《ビユ》様の方へ手を伸ばす。形の良い額が指先に触れた。おそらく薇喩《ビユ》様はあお向けに横たわっているのだろう。

「薇喩《ビユ》様を横にして」と慌てて指示を出す。

薇喩《ビユ》様の体が横になった音を聞き、私は薇喩《ビユ》様の口へ指を入れ嘔吐《おうと》を促す。

少しすると苦しそうなうめき声と共に薇喩《ビユ》様の口から吐瀉物《としゃぶつ》が吐き出された。

その瞬間、周囲にいた后妃や宮女から悲鳴が上がった。その声を聞きながら、私は小さく胸をなでおろしていた。完全な解毒ではないが、薇喩《ビユ》様から死を少し遠ざけることができたという安堵《あんど》感があった。

「水か何かを――」

「蓮香様！　宮医が参りました！」

さらに吐き出させようとした時、依依《イーイー》の足音と叫び声が広間に響き渡った。

「大事ないか――」

耀世《ヨウセイ》様は貴妃の宮の寝台で横になる薇喩《ビユ》様の元で一旦足を止め大きく安堵のため息をつくと、私が座る長椅子の隣へと腰を下ろした。

「予断を許さぬ状況ではございますが、皇后様の処置のおかげで毒が体全体に回ることはございませんでした」

宮医は跪礼をしながら報告した。

「して、毒の種類は」

耀世《ヨウセイ》様の声が固くなるのを感じた。緊張感と怒り――そんな複雑な感情が彼をそうさせているのだろう。

「今、衛兵が調べておりますが……」

宮医は言いにくそうに口ごもる。

「どうした。申してみよ」

「実は……、見たこともない毒の症状でございます」

「見たことがない、と」

耀世《ヨウセイ》様は不機嫌そうにそう言うと大きくため息をついた。

毒は足がつきにくいことから后妃などの重要人物を殺害する際によく使われる。そのため後宮の宮医は非常に毒に詳しい。その宮医が「見たこともない症状」というのは薇喩《ビユ》様の安否を左右しかねない答えだった。

何故なら、その解毒剤を用意することができないからだ。

「もしよろしければ――」

毒の匂いを嗅《か》いでみる、と私が言いかけた瞬間「蠱毒《こどく》でございます！」と叫ぶ声がした。謁見の間で聞いた青闈《セイイ》様が連れてきたという占い師の声だった。

「申し訳ございません。勝手ながら妹の一大事ということで私の方でも色々と調べさせていただきました」

心から申し訳なさそうにそう言ったのは、青闈《セイイ》様だった。

「とりあえず現場を調べなければ、と調理場を調べましたら蠱毒《こどく》が作られたであろう壺《つぼ》が出てきました」

青闇《セイイ》様はそう言うと、ゴンッと音を立てて机の上に何かを置いた。おそらく蠱毒《こどく》が作られたという壺なのだろう。その音から察するに水瓶というには少し小さく、薬壺というには大きすぎる形状をした壺に違いない。

「蠱毒《こどく》？」

聞きなれない言葉だったのか、耀世《ヨウセイ》様は怪訝《けげん》そうな声をあげた。

「ご説明させていただいてもよろしいでしょうか」

意気揚々とそう言った占い師に、耀世《ヨウセイ》様は「構わぬ」と面倒くさそうに短く言い放った。

「蠱毒《こどく》とは蠱《こ》を使った呪《のろ》いでございます。蠍《さそり》、蛇《へび》、守宮《いもり》、蜈蚣《むかで》、蟾蜍《せんじょ》などの有毒動物を多数集め、壺に入れて最後の一匹が残るまでお互いに捕食させるのでございます」

趣味の悪い呪いの作り方に、耀世《ヨウセイ》様が眉《まゆ》をひそめる微かな気配がした。

「そして最後に残った一匹を殺して乾燥させてできるのが、蠱毒《こどく》でございます。蠱毒《こどく》を盛られたものは、一週間もしますと熱を出し苦しみはじめ、ひと月の間苦しみ亡くなります」

「悪趣味だな」

耀世《ヨウセイ》様にとっても決して心地よい話ではなかったのだろう。不機嫌そうにそう言い放った。

「禁術ゆえ、作り方なども公にはしておりませぬ」

「蓮香は知っていたか？」

耀世《ヨウセイ》様に尋ねられ私は、少し戸惑いながらもゆっくり頷く。後宮で蠱毒《こどく》の名前を聞くことになるとは思っていなかったからだ。

「私の育った村では、その禁術を身に着け蠱師《まじないし》になるものもおりましたので」

「あの村はとんでもないな……」

耀世《ヨウセイ》様は小さく笑いながら私の手を優しく握った。その手のひらの重みは、どこか私を慰めるような優しさが感じられた。

「して、薇喩《ビユ》の体を蝕《むしば》んでいるのが『蠱毒《こどく》』としよう。その場合、どのように解毒すればいいのだ」

「その術を生み出した人間を殺せば呪いは解けます」

意外に簡単な方法であったことに驚いたのだろう。耀世《ヨウセイ》様は、なるほど、と短く言うと立ち上がった。

「心当たりはあるのか？」

早く解決したいと言わんばかりの耀世《ヨウセイ》様に、占い師は嬉しそうに小さく笑った。

「勿論でございます。最後に毒味をした宮女が一番、怪しゅうございます。毒を仕込めるならば、その者が――」

それが誰のことを指しているか悟り私は「恐れながら」と叫んでいた。

「蠱毒《こどく》は、短くてもそれを口にしてから一週間経ってから症状が現れるものでございます」

「なるほど」

耀世《ヨウセイ》様は私の方を振り返ると、優しくそう言って頷いた。

「薇喩《ビユ》様は、食事を口にして直ぐに倒れられました。おそらく単なる毒でしょう」

「だ、だが、蠱毒《こどく》の壺がここに……」

うろたえながらそう言った占い師に私は大きくため息をついた。

「壺という狭い空間の中で戦いを強いられた時に、物を言うのは毒でございます」

蠱毒《こどく》を作る過程の中で知ることとなったが、基本的に生き物は積極的に戦おうとはしない。密閉された空間に集められた蟲達は、闘技場で武人が技を競い合うように戦う――と思われがちだが実際は大人《おとな》しいものだ。他の生き物と一定の距離を取り基本的に争うことはしなかった。

餌《えさ》を求めて最終的に止むに止まれず戦うわけだが、この時も常に戦うのではなく敵に対して毒を含んだ攻撃をして再び一定の距離を取り、毒によって敵が死ぬまでジッと待っていた。

「蠱毒《こどく》は呪いではないと考えております」

私が短くそう言い放つと、何か反論したそうな占い師のうめき声が聞こえてきたが、私はあえて無視して言葉を続けた。

「何よりの証拠として、蠱毒《こどく》とはいえ医師が正しく治療すれば完治します。それは『毒』が使われているからなんです。おそらく――」

私は宴会場で嗅いだ薇喩《ビユ》様の吐瀉物からした微かな刺激臭を思い出す。

「今回の毒は蠍《さそり》ではないでしょうか」

「しかし蠍はさほど毒性があるものでございません」

宮医の主張は決して間違っていないと静かに頷いて肯定して見せる。

「我が国には基本的に蠍は生息しておりません。近隣では北方の遊牧民が暮らす地域に生息しております」

「あぁ、子供の頃よく食べたな」

懐かしそうに耀世《ヨウセイ》様は、そう言って頷く。

「勿論、刺されれば毒が体をめぐりますが、蜂《はち》に刺される程度の毒しか持っておりません」

確かに蠍の毒は何度か刺されることで命に係《かか》わることはあるが、基本的に一回摂取するだけでは死に至ることはない。

「ただ西国へ向かう砂漠に生息している蠍は猛毒を持っております。餌の少ない砂漠で確実に獲物を捕獲するためでございます」

「それでしたら解毒薬があるかもしれませぬ」

宮医はそう言うと慌ただしく部屋を出て行った。毒の正体が分かれば後は彼らに任せれば薇喩《ビユ》様が目覚めるのも時間の問題となるだろう。

「だが……、そうなると」

耀世《ヨウセイ》様は難しそうに小さく唸《うな》る。

「薇喩《ビユ》様の命を狙ったのが誰なのか？　毒味をしたにもかかわらず体調に変化がない林杏《リンシン》が怪しい、ということでございますね」

そうだ、と頷いた耀世《ヨウセイ》様に「それでは」と言って私は立ち上がって見せる。

「薇喩《ビユ》様用に用意された料理を調べに行きとうございます」

尚食局の宮女らに、料理は宴会が開かれた時のまま残しておくように指示しておいたのだ。

耀世《ヨウセイ》様に代わり私の手を引いてくれているのは宦官《かんがん》の姿に身を包んだ瑛庚《エイコウ》様だった。皇帝である耀世《ヨウセイ》様が尚食局に行くわけにはいかなかったからだ。

「俺にできることはあるか？」

廊下を歩きながら瑛庚《エイコウ》様は、私の耳元でそっとそう囁いた。

「林杏《リンシン》への尋問を遅らせていただけますでしょうか」

貴妃殺害はそれがたとえ未遂だったとしても重罪だ。容疑者となった人物が自白をしなければ、拷問《ごうもん》にかけられる可能性も少なくない。

「大丈夫だ。既に手を回している」

柔らかくなった瑛庚《エイコウ》様の声に思わずホッと胸をなでおろす。

「あの子、痛いのとか我慢するっていうことが苦手なんですよ。拷問なんてされたらおそらくありもしない罪をベラベラと自白するに違いありません」

「それが殊勝なことに一言も喋《しゃべ》らないみたいなんだ」

あんなにお喋りなのにね、と瑛庚《エイコウ》様はわざとらしく驚いて見せた。

「え……」

林杏《リンシン》を見くびっていた自分に気付かされ、恥ずかしさがこみあげてくる。

「人はさ、周囲が育てるって言うだろ？　なんだかんだと皇后付きの宮女って自覚が出てきたんじゃないかな」

「真犯人を早く見つけなければいけませんね」

たとえ冤罪《えんざい》だと分かっていても牢獄《ろうごく》に入れられているのは決して心地が良い物ではないだろう。

「皇后様、こちらでございます」

私より先に尚食局に向かっていた依依《イーイー》は廊下の先でそう言って叫んだ。おそらく彼女も林杏《リンシン》のことを心配しているのだろう。

「これが薇喩《ビユ》様用の料理？」

冷たくなってしまった料理の香りが鼻へ届いてくる。

「はい。こちらの皿で間違いありません」

「林杏《リンシン》が使っていた毒味用の箸はあるの？」

私が聞くことを予想していたのだろう。依依《イーイー》はサッと私の手に銀の箸を握らせた。

指先からは冷たくシットリとした箸の感触が伝わってくる。銀の箸ではなかった可能性も考えたが、おそらくこれは本当に銀でできた箸だろう。

「これ、銀の箸だな。林杏《リンシン》は毒味専門の宮女でもないのに、よく用意ができたな」

私の横から不思議そうに感心して見せたのは、瑛庚《エイコウ》様の声だった。

「突然のことでしたので、燕媚《ヤンメイ》様の宮女が貸してくれたものです」

「変色していないけど、蠍の毒は銀の箸に反応しないの？」

不思議そうにそう言った瑛庚《エイコウ》様に、そんなことはないと私は首を横に振る。

「あるとすれば、料理の一部にだけ毒を仕込んでいたことになりますが」

「となると料理をとりわけた人物が犯人か」

そう言った瑛庚《エイコウ》様に依依《イーイー》が、おそれながら、と小さく反論した。

「魚は全て林杏《リンシン》が、ほぐしたんです」

「全部？」

私は思わず声を上げた。石斑魚《ハタ》は決して小さな魚ではない。現に皿の縁《ふち》をたどっていくと、皿自体かなり大きなものが使われているのが分かる。

「あぁ……、だからこんなにぼろぼろなわけね。どんだけ慎重なんだよ」

瑛庚《エイコウ》様は小さく吹き出した。

「つまり林杏《リンシン》は料理全部に毒が含まれていないか確認したわけね」

私は林杏《リンシン》が使っていた箸を使って料理の状態を確認しようと動かしたところ、銀の箸がカタリと何かに当たった。

「これは……」

「取り分け用の箸です」

依依《イーイー》は銀の箸を私から受け取り、今度は竹でできた箸を私の手に握らせた。その箸から微かだが記憶にある刺激臭が竹の香りと共に私の鼻へと届いた。

「これです」

私はそっと皿へ箸を戻しながら、そう宣言した。

「箸が——か？」

瑛庚《エイコウ》様は不思議そうに首を傾げるが、私の中では全てが一つに繋《つな》がった。

「おそらく犯人は料理を取り分ける箸に毒を塗ったのでしょう。そうすると料理を取り分ける段階で毒を仕込むことができます」

「だが、それでは林杏《リンシン》も毒を食べることになるのではないか？」

瑛庚《エイコウ》様の疑問はもっともだ。

「だからこそ、犯人は林杏に銀の箸を使わせたのでしょう。そしてそれを渡す時に『毒が反応するには時間がかかる』と助言もした」

私の言葉に依依《イーイー》は、息をのむように小さく悲鳴を上げた。

「そのため林杏《リンシン》は銀の箸を使って料理をほぐし、毒味用の料理も自分の箸を使って取り分けたのでしょう」

「それで林杏《リンシン》は毒を食べずに済んだんだな」

瑛庚《エイコウ》様はそう言うと、サッと振り返り近くにいた衛兵に短く指示を出した。おそらく燕媚《ヤンメイ》様とその宮女を拘束しに行くよう指示をしたのだろう。

◇◇◇

薇喩《ビユ》様が倒れてから数日後、私は見舞いのために彼女の宮を訪れていた。

「燕媚《ヤンメイ》は『公主を守るためだ』の一点張りだそうだ」

私の隣に座っている耀世《ヨウセイ》様は呆れたようにそう教えてくれた。瑛庚《エイコウ》様の指示により、林杏《リンシン》は解放され代わりに燕媚《ヤンメイ》様達は薇喩《ビユ》様殺害の容疑者として拘束された。

「公主を守るため――というのは？」

殺害の動機の意図がつかめず私は思わず首を横に傾げる。それはおそらく薇喩《ビユ》様にとっても寝耳に水だったのだろう。「たわけたことを」と忌々《いまいま》しそうに小さく呟いていた。

「そもそも燕媚《ヤンメイ》は、薇喩《ビユ》ではなく蓮香を狙っていたらしい」

「私をですか!?」

初めて知る事実に私は悲鳴に似た叫び声を上げそうになった。

「あぁ。子供がいない蓮香が公主の存在を妬み、暗殺される——という供述を繰り返しているらしい」

「それでとんでもない犯行を思いついたというわけですか……」

私の向かいに座る青闇《セイイ》様は呆れたように呟くと、ゆっくりと茶器を持ち上げ上品にお茶をすすった。

「その言い分が通る程、後宮とは物騒なところなのですか？」

「そんなわけございません」

青闇《セイイ》様の疑問を即座に否定したのは薇喩《ビユ》様だった。毒の副作用か声が少し掠《かす》れているが、それでも何時《いつ》もの薇喩《ビユ》様に戻っていることにホッとさせられる。

「皇子や公主は後宮全体で育てるのが慣習でございます。そのような世迷言《よまいごと》を申すなど、もはや妄想か病でございます」

「誰かが……」

耀世《ヨウセイ》様はそう言って、一息置くと持ち上げた茶器を机の上に戻した。

「それが事実であるかのように思わせるように、燕媚《ヤンメイ》を唆《そそのか》した人物がいる可能性があるな」

「蠱毒《こどく》を用意できたという点も不思議でございました」

たとえそれが効果のない呪いだとしても、それを模した何かを燕媚《ヤンメイ》様が一人で用意する——というのは不自然だ。

「見事でございます」

私達の意見がまとまったと察したのだろう。青闈《セイイ》様はそう言ってわざとらしく手を叩いて見せた。

「皇后陛下は美しいだけではなく、聡明《そうめい》でもいらっしゃったのでございますね」

とんでもないと首を振るが、青闈《セイイ》様は「いえいえ」と笑うと一呼吸おいて、「ですが」と切り出した。その声はこれまで通りの明るいものだったが、どこか真剣な響きがあり彼が静かに怒っているのが伝わってきた。

「陛下、これ程までの皇后陛下がいらっしゃるならば薇喩《ビユ》は不要ではございませんか？」

「は、はい？」

青闈《セイイ》様の突然の発言に耀世《ヨウセイ》様は、間の抜けた返事を返した。

「今回の事件を通して改めて薇喩《ビユ》を我が国に連れ帰り、有力貴族と結婚させたいという思いが強まりました」

とんでもない提案に薇喩《ビユ》様は寝台に横たわっていた身体を少し起こして「兄上！」と叫んだ。

「ご自分が何を仰っているか分かっていらっしゃるのですか⁉　後宮は一度入れば、二度と出られぬ場所でございます！」

「それは建前の話でしょう。現に皇帝が死ねば、后妃らは神殿へ出されているのが通例と聞いております」

青闇《セイイ》様は問題ないと言わんばかりに手をゆっくりと横に振った。

「それに最初に我が国との取り決めを破ったのはそちらです。我が国から薇喩《ビユ》を嫁がせた際、『皇后』に即位させるという約束でございましたが……、お忘れになられましたか？」

それは優しい響きだったが、有無を言わせぬ口調で、耀世《ヨウセイ》様は、小さく唸るだけだった。

「それに皇后陛下、かようにロうるさい貴妃がいては心も休まりませんでしょう」

突然話を振られ、私は慌てて首を横に振る。

「薇喩《ビユ》様がいてこその後宮でございます」

「模範解答ですね。流石でございます」

青闈《セイイ》様は、楽しそうに一しきり笑うと、少しして大きくパンっと手を叩いた。まるで話の区切りを伝えるかのような音に思わず肩が震えるのを感じた。

「最初の取り決めの事は別にしましても……。薇喩《ビユ》がこの後宮に留《とど》まる利点が陛下達にございますか？　薇喩《ビユ》もこのような後宮にいては辛いのではないでしょうか？」

「そ、そんなことございません。私は……」

薇喩《ビユ》様は何かを確認するように一瞬、後方を振り返ったが、慌てて青闈《セイイ》様へ向き直った。後方で控えている瑛庚《エイコウ》様へ視線を送ったのだろう。勿論、宦官に扮している瑛《エイ》庚《コウ》様からは返事が返ってくることはなかったが、薇喩《ビユ》様は意を決したように大きく息を吸い込む。

「私の居場所は、既にここでございます」

「あと数年もすれば離宮に送られる――とも聞いていますよ？」

皇后以外の后妃は永遠に後宮の住民でいることは許されない。

后妃達の最大の目的は子供を作ることだからだ。そのため一定の年齢を超えてもなお皇子も公主もいない后妃は離宮へと移される。慣習通りにするならば、薇喩《ビユ》様は二年後には離宮へ移されることになる。

「我が国の公主を離宮などへ追いやるならば、いっそのこと返していただきたいのですよ」

青闈《セイイ》様の言い分は正に正論だった。

「もし意味もなく薇喩《ビユ》を紫陽国へ留め置きたいと仰るならば、力ずくで連れ帰ることも検討しております」

「力ずく……」

薇喩《ビユ》様は信じられないと言わんばかりにその言葉を繰り返した。倭国は我が国とは異なり海に囲まれた島国だ。そのため様々な交易の中継地として栄えているだけでなく、海戦を得意とする強大な軍事力を持つ国としても知られている。

その倭国の大使である青闈《セイイ》様の言う「力ずく」が単に薇喩《ビユ》様の手を無理やり引いて帰る——というわけではないことは容易に想像できた。

「お待ちください。蓮香が皇后に即位して間もございません。薇喩《ビユ》殿の力添えが不可欠な時期でございます」

「ええ、そうです」

耀世《ヨウセイ》様の言葉に、ホッとしたのかそう言った薇喩《ビユ》様の肩が静かに下がった音が聞こえた。

「この件については二年後――、再度訪問いただく際にお返事をさせていただくわけにはいかないでしょうか」

　耀世《ヨウセイ》様の提案は、あくまでも時間稼ぎに過ぎなかったが、この場でこれ以上の返答はなかったに違いない。

「なるほど――」

　青闓《セイイ》様は何かを考えるように静かに呟くと、少ししてゆっくりと口を開いた。

「それでは使節団が倭国へ帰るまでのひと月、後宮で滞在することをお許しいただけないでしょうか」

「は、はい⁉」

　驚きの声と共に薇喩《ビユ》様が再び寝台から身体を起こす音が聞こえた。

「暗殺の件も含め薇喩《ビユ》が本当にここで必要とされていることが分かりましたら、大人しく帰りましょう」

「ですが兄上！　ここは男子禁制の後宮でございます。宴に大使として特別に参加することはできても、寝食を共に過ごすことはできません。言語道断です」

　薇喩《ビユ》様の言うように使節団の人間は国賓ということもあり、後宮ではなく外宮にある迎賓宮《げいひんぐう》で寝起きする手はずになっている。

「着物をいただければ、宦官のフリでもいたしましょう。あちらの瑛庚《エイコウ》様――のように」

「何故それを」

後ろに控えていた瑛庚《エイコウ》様は、小さく驚きの声を上げた。

「薇喩《ビユ》がわざわざ一介の宦官の顔色など窺《うかが》うわけはないと思いましたが……、図星でしたか」

青闇《セイイ》様は楽しそうに笑うと、再び耀世《ヨウセイ》様に振り返った。

「瑛庚《エイコウ》様のように仮面でもいただければ、大人しくしておりますよ」

華やかな容姿を仮面で隠すことができるならば、青闇《セイイ》様が後宮にいても違和感はないだろう。だがとんでもない申し出に耀世《ヨウセイ》様は再び小さく唸った。

「実は紫陽国の周辺の海域に海賊が出没するようになったと聞きましてね。今回の訪問に際して、腕っぷしに自信のある人間も多少同行させているんですよ。ですので即刻、実力行使に出ても構いませんが……」

はっきりとした脅しに、耀世《ヨウセイ》様は大きく息を吐くと静かに立ち上がった。

「かしこまりました。使節団が戻られるまでのひと月、後宮で宦官としてお過ごしください」

「なんだか無理を言ってしまったようですね。申し訳ない」

青闈《セイイ》様も立ち上がると表面的な謝罪と共に笑い声をあげた。仕方なく私達もその笑い声を重ねることとなった。

# 第二章　姑獲鳥《こかくちょう》の妻

「あーー、皇后様、そんなに動かないでください」

部屋の隅から投げかけられた非難めいた言葉で、作業場の片隅で絵を描いていた絵師の存在が思い出された。

「本当に肖像画など必要ありませんから」

私は少しきつめにそう伝えるが、相手は全く気にした風もなく素描《そびょう》を止める様子もない。

この絵師が私の宮へ派遣されたのは先月の事だった。

后妃様方の間で起こった着物の意匠選びの諍いを解決した頃合を見計らって瑛庚《エイコウ》様が「皇后になったんだから肖像画を描け」と連れてきたのだ。確かに宝物庫には歴代の皇帝陛下だけでなく皇后陛下の肖像画も保管されている。

未《いま》だに自分が皇后だという実感がないこともあり、最初はその提案を断ったのだが瑛庚《エイコウ》様だけでなく絵師からも「機織りの仕事をしながらでもいいから是非に」と強く言われ渋々肖像画を描くことを受け入れさせられたのだ。

『『後宮佳麗《かれい》三千人』とも謳《うた》われているじゃないですか。肖像画として皇后様のお姿を陛下の側《そば》に置いておかれれば、陛下は蓮香様の美しさを忘れないはずです。陛下のお気持ちをおつなぎできるんですよ」

「確かに後宮にいる后妃様は全国から集められてきただけあって美人ぞろいですけど、三千人もいましたっけ？」

林杏《リンシン》の見当違いの感想に「物のたとえです」と耳打ちする依依《イーイー》の声が私の耳に届いてきた。

どうやら彼は当初の発注品だけでなく、別の肖像画も描き売りつけようとしているに違いない。耀世《ヨウセイ》様の手元に自分の肖像画が常にある――そんな未来を想像した途端、恥ずかしさがこみあげてきた。

「ですから本当にそんな必要は――」

先ほどよりも語尾に力を込めるが絵師は相も変わらずあまり気にした風もない。

「ご謙遜《けんそん》いただかなくても大丈夫ですよ。宮女時代から陛下は毎夜、皇后様の元へ渡られているって聞きましたよ」

その噂《うわさ》の出どころが誰なのかが直ぐ分かり私は部屋の隅でお茶を淹《い》れているであろ

う林杏《リンシン》がいる方向を軽く睨《にら》む。

「それに後宮を束ねる宦官長様からの依頼ですので、『いらない』と言われて素直に仕事を止めましたら、あっしが叱《し》られてしまいます」

宦官長――、おそらくこの絵師を連れてきた瑛庚《エイコウ》様のことだろう。

「で、でも、こうして機織りをしながらでは人相書《にんそうが》きとしてはあまり意味がないのではありませんか？　機織り機を一緒に入れるわけにもいかないでしょうし……」

「人相書きって――」

新たな方向性で説得を試みるが、同意する代わりに絵師は快活に笑った。

「大丈夫ですよ。今まで描いてきた素描を基にして肖像画を完成させますから」

絵師はそういうと自慢げに何枚かの紙を私のほうに向けてはためかせた。

「それに皇后様は横顔だけでも十分、その魅力が伝わってきますよ。黒髪に透き通るような瞳。色白で薄っすらと桃色の頬、長いまつげに形の良い唇……。描き応えのある美人だ」

絵師の耳に私の言葉が届いていないことが分かり、小さくため息をつく。

「あの――賄賂《わいろ》が必要と聞いたのですが……」

遠慮がちにそう言ったのは依依《イーイー》だ。

人数分のお茶を用意していたにもかかわらず、何故かそれを一人で飲みはじめた林《リン》杏《シン》が首を傾げて、そう尋ねた。

「腕の良い絵師に描いてもらうために、賄賂が横行していると聞きました。さらには、より魅力的に描いてもらうためにも賄賂が必要だとか……。中には賄賂を渡さなかったばかりに醜女《しこめ》に描かれた者もいると聞いたのですが」

「賄賂？」

絵師の力加減の入れ具合が賄賂で変わってくるというのは自然な話だ。

「確かに！　私の宮女仲間も絵師に描いてもらいたかったけど、時間がないって断られたみたいです。お金が用意できなかったからだって泣いてましたけど、そう言うことだったんですね」

私が耀世《ヨウセイ》様達と再会する前、宮女の中から新たな后妃を募集したことがあった。宮女から后妃になれる千載一遇の機会ということもあり、皇帝に見せるための絵を描いてもらおうと宮女からの注文が殺到したという。その数があまりにも多かったため、絵を描いてもらうのは宮女の位順となった。そこで位の低い宮女は絵師に時間外労働をさせるために絵師の給金を自ら支払い自分の肖像画を描かせたという。

「そんなにするの？」

后妃にも正一品である皇后から従四品まで八つの位があるように、宮女にも正五品から従六品までの四つの位が存在している。そしてその位や勤めている期間などが加味されて給金が決定する。

ただ基本的な衣食住が保証されていることもあり、位が低い宮女となると月に金貨二枚とお小遣い程度の給金しか支給されないらしい。つまり、絵師に描いてもらうためには、お小遣い程度の金額では、賄《まかな》えない程の賄賂が必要ということに少なからず驚かされた。

「そうみたいです。しかも、肖像画を描いてもらうのとは別に、美人に描いてもらうためには金貨十枚は必要だと――」

依依《イーイー》の言葉にその場にいた宮女は全員、悲鳴のような声を上げる。

「美人に描いてもらわなければ、肖像画の依頼時に払った報酬も無駄になりますからね――。人の心理をついたえげつない商売ですよ」

「まぁ、そういう絵師もいることにはいますけどね――。皇后陛下は別でさぁ」

素描を続けながら絵師は依依《イーイー》と林杏《リンシン》の言葉を鼻で笑う。

「あっしは皇后様の絵を描くために、他の絵師らに賄賂を渡したぐらいですよ」

「あなたが？」

思わず私が聞き返すと、絵師は何でもないと言わんばかりに小さく笑った。

「まず陛下からの寵愛《ちょうあい》が厚い皇后様です。陛下は宝物庫に保管する肖像画とは別に絶対、手元に置かれる用の絵を所望されるに違いねぇ。そん時に皇后様の美しさを最大限描いたこの作品を見たら、『これを描いた絵師は誰だ』『筆頭絵師に！』となるわけでさぁ」

「なるほど……出世のための布石だったとは」

依依《イーイー》はそう言って頷きながら、静かに感心してみせた。

宦官は外宮の役人と同様に高い地位につくことができれば、権力や金を手にすることができる。後宮は複数人の宦官絵師を抱えているが、筆頭絵師となると一つの部署を任せられることもあり、その地位は上級役人並みだ。

「他の絵師達は小銭を稼ごうとしていますがね。あれじゃぁ、信用も失いかねない。他の奴らはあっしのことを『馬鹿だ』って言いますけどね、あっしからしたらあいつらが馬鹿ですよ。あ、ちょっと失礼」

絵師はそう言って私の袖《そで》をグイッとつかみ二の腕を露わにさせる。

「ひやぁ！　な、何を……」

普段は決して人に見せることはない場所なだけに、私は思わず悲鳴をあげてしまった。

「少しばかり色っぽい構図にしようと思って、ちょっとホクロなんかが無いかな——と思いまして。あぁ～、二の腕に花みたいな痣《あざ》がありますね。これは絵になりますよ——」

そう言って絵師がさらに二の腕を露出させようとした瞬間、入口から「何をしている‼」という耀世《ヨウセイ》様の怒声が飛んできた。

「即刻、蓮香から離れよ‼　さもなくば斬り捨てる」

その言葉と同時に剣をスラリと抜く音が聞こえてきた。

今にも飛びかからんばかりの鬼気迫る気配に、絵師は逃げることも弁解することもせず、ただガタガタと震えている。このままでは目の前の絵師が殺されかねないので私は慌てて立ち上がり、袖を直し穏やかな笑みと共に彼を出迎えることにした。

「陛下、日中に後宮へいらっしゃるなど——しかも青闇《セイイ》様も一緒に……。何かございましたか？」

林杏《リンシン》が淹れた冷えたお茶を耀世《ヨウセイ》様に差し出しながら尋ねる。

「実は青闇《セイイ》殿から蓮香に頼みがあるらしい」

耀世《ヨウセイ》様は憮然《ぶぜん》とした様子でそう言うと、私から受け取ったお茶を勢いよく飲み干した。どうやら耀世《ヨウセイ》様は絵師だけではなく、青闈《セイイ》様に対しても苛立ちを感じていたようだ。

そんな耀世《ヨウセイ》様とは対照的に林杏《リンシン》は、私の後ろで声にならない悲鳴を上げている。よく考えると宴の時は毒味役をしており、彼女が青闈《セイイ》様を間近にするのは今回が初めてなのかもしれない。

「皇后陛下、もしよろしければ少しお知恵を拝借できますでしょうか」

そんな林杏《リンシン》を気にした風もなく青闈《セイイ》様は、少し演技がかった口調でそう言った。

「知恵を――ですか？」

何気なく返事をしてみたが、思っていた以上に自分の口調が固いことに気付かされた。それは青闈《セイイ》様の口調が妙に仰々しかったからだけではない。

先日、薇喩《ビユ》様を連れて帰るためには戦《いくさ》も辞さないと言った彼の頼みだ。何を言われるかと自然と身構えてしまうのも仕方ない。

「絵に帰った天女を引きずり出す方法をお教えいただけないでしょうか」

とんでもない話に私は思わず耳を疑う。

「私の部下に紫陽国の貴族の娘と結婚した者がおります」

「そう言った事例はよくあると聞いております」

倭国の使節団は定期的に我が国を訪れており、その使節や留学生の中には我が国の人間と結婚する者も少なからずいる。特に国の主要な役職についている使節の場合、政治的立場を強めるために、あえて紫陽国の貴族と結婚しようとする人間もいるらしい。

「実は、その娘が天女だったんです」

「天女？」

天女が人間と結婚して子をなす話は伝説として語り継がれている。大半が子供を連れて夫の元を去るという結末だ。これはおそらく実際に天女がいたというよりも、突然妻が失踪した理由を「天に帰った」と表現しているだけだろうと私は思っている。

「はい。その部下が最初にその天女と出会ったのは、県令の屋敷だったようです」

領主の元で働く県令が、今回のように他国の使節を自宅へ招待して交流を深めることは決して珍しいことではない。

「県令のお嬢様と知り合われたのではなく――ですか？」

天女は何かのたとえだったのではないかと尋ねると、青闈《セイイ》様はあっさりと首を横に振り否定した。

「その天女は屏風《びょうぶ》の中にいたらしいのです」

「屏風……」

この段になり、耀世《ヨウセイ》様が静かに苛立っている理由を理解することができる気がした。屏風の中の天女を妻にするなど、夢物語もいいところだ。

「部下は屏風の中の天女に一目惚《ぼ》れをして、なんとか屏風を譲ってもらえないかと県令に頼み込んだんです。そうしましたら県令は『我が国にいる間、百日通い続け天女に愛を語るならば、屏風から姿を現すでしょう』と言ったようなんです」

「それは体《てい》のいい断り文句だったのではないでしょうか」

私の感想に、青闈《セイイ》様は「私もそう思いました」と勢いよく頷いた。

「部下も最初は断られたと思ったようですが、騙《だま》されたと思って百日通い続けたらしいんです。そしたら日を追うごとに絵は薄くなり、百日目にはとうとう屏風から天女が出てきたんです」

「て、天女が⁉」

私の代わりに驚きの声を上げてくれたのは、部屋の隅でこっそり茶菓子を頬張っていた林杏《リンシン》だった。突然声を上げたこともあり、途端にゴホゴホとむせ始めた。

「県令はその天女を養女とし、私の部下は屏風から出てきた天女と結婚することになりました。これが十年前の話です」

とんでもない話だが、この十年その出来事が全く噂になっていなかったことにも驚きを隠せなかった。屏風から天女が出てきたならば、都でも話題になっても良さそうだが、そんな話を聞くのは今回が初めてだった。

「その天女が屏風に戻った——のでございますか？」

最初に持ち掛けられた問題を思い出し尋ねると、青闈《セイイ》様は嬉しそうに頷いた。

「流石、皇后様です。話が早ぃ！」

青闈《セイイ》様は自分の膝《ひざ》を叩くと、やや身を乗り出した。

「今回の紫陽国の訪問に際し、実は天女も使節団に同行していたのです。いわゆる里帰りですね」

倭国は島国ということもあり、基本的に我が国に来るためには船に乗り海を渡らなければいけない。個人的に「少し親元に帰ります」という距離ではない。

「里帰りをするために妻を同行させる者は他にもいたんですけど、部下の妻は群を抜いて本当に美しかった。流石天女だと船の中で話題になるほどでした」

十年経っても変わらぬ美貌が船という狭い空間で注目されるのは当然と言えば当然かもしれない。

「ところが、それを妬んだ留学生が『お前の妻は天女ではなく妖怪の類《たぐい》なのではないか』と言い出したんです」

　分かりやすい妬みに呆れてため息をつくと、それに気付いたのか青闈《セイイ》様は小さく笑った。

「部下も皇后様のように聞き流せることができればよかったんですがね。その留学生から『聖水をかけて消えるならば妖怪だ』と言われて実践したようなんです」

「それは――屛風に帰られても仕方ないですね」

　愚かな、という言葉を飲み込むと、代わりに私の口から小さなため息が漏れた。一度妻として迎えたならば、誰が何と言おうとも妻を信じるべきだ。

　そもそも天女も妖怪も『人間ではない』という点で同類ではないか……、と悪態をつきたかったがグッと堪えた。

「紫陽国に到着し、神殿から聖水を分けてもらった部下は、酔った勢いで妻に聖水をかけたんです。すると妻は子供と一緒に姿を消したようなんです。部下は慌てて二人を探したようですが見つからず……」

「県令の家の屛風に天女が戻っていたと」

　話をまとめると青闈《セイイ》様は「そうなんですよ」と大きく頷いた。

「部屋の入口に置かれた屛風の中で部下の妻と子供が楽しそうに座っていたらしいの

です」

「部屋の入口――ですか?」

小さな違和感を覚え、思わず尋ねる。

「部屋の入口だったと思いますが何か?」

「いえ、大丈夫です。すみません。続けてください」

自分の中に生まれた違和感の正体に気付くことができず私は、話の先を促した。

「それで今日、これから部下と共に県令の元を訪れようと思うのですが、何か良い知恵を授けていただけないでしょうか」

「知恵と言いましても……」

天女が人間と恋に落ちる話はよくあるが、その一方で一度人間の元を去った天女が戻ってくるという話はほとんど聞いたことがない。

「もしよろしければ、ご同行させていただけないでしょうか」

「蓮香!?」

批判めいた耀世《ヨウセイ》様の声に微笑《ほほえ》み返しながらも、自分の中で生まれた違和感の正体を確かめたいという気持ちを抑えることはできなかった。

「こちらは外宮の女官の蓮香さんです」

数刻後、私は青闇《セイイ》様にそう紹介されていた。皇后として外に出向くわけにはいかないので、女官の着物に身を包んでいた。

「そしてこちらは、役人の耀世《ヨウセイ》さんと蓮香さん付きの女官の依依《イーイー》さんです」

私の隣には依依《イーイー》と後ろには役人の姿をした耀世《ヨウセイ》様が控えていた。

「これが先ほどお話しした私の部下の晁衡《チヨウコウ》です」

青闇《セイイ》様はそう言って私の手を導く。私の指がたどり着いた先には骨ばっているがスラリとした綺麗な手があった。剣や鍬《くわ》など握ったこともない貴族の息子もしくは文官なのだろう。

「よろしくお願いします」

そう言った声があまりにも弱々しく、思わずビクリと肩を震わせてしまう。

「また寝られなかったんですか？」

呆れたように尋ねる青闇《セイイ》様に晁衡《チヨウコウ》さんは「はい」と弱々しく頷いた。

「妻が――、いないんです」

そう言った彼の声は微かだが掠れていた。おそらく睡眠だけではなく、食事も摂れていないのかもしれない。まともな会話も成り立たないのではないか、と心配になってきた。

「娘までも……」

晁衡《チョウコウ》さんは、そう言うとさめざめと涙を流し始めた。どうやら私達との会話で妻子のことを思い出し、感情が高ぶってしまったのだろう。

この段になりようやく青闈《セイイ》様が彼を助けたいと思う気持ちを理解することができた。

「一つお伺いしたいのですが、本当に百日間、屏風の元へ通われたんですか？」

私は曳車《ひきしゃ》に揺られながら、そう尋ねると晁衡《チョウコウ》さんは「はい」と弱々しく頷いた。

「その時、屏風はどこにありましたか？」

「最初は母屋の客間にあったのですが、その後は——」

何かを思い出すように晁衡《チョウコウ》さんが考え始めると、青闈《セイイ》様は「客間ではないんですか？」と尋ねた。

「いえ……、毎夜来られても面倒だからと、母屋の奥にある朱塗りの門を入って直ぐ広がる庭の先にある部屋の入口にありました」

「母屋ではなかったんですね」

青闈《セイイ》様は、そう言うと何かを考えるように小さく呻《うめ》いた。

「百日間押し掛けるわけですからね。邪険にされてもよさそうなものですが、毎晩、第四夫人が丁寧《ていねい》にもてなしてくださいました」

「都の県令となると客人も多いから慣れているのかもしれませんね」

そう言った耀世《ヨウセイ》様に、その場にいた全員がなるほどと頷く。

「そこは第四夫人の部屋だったのでしょうか？」

貴族や豪商などは、家族全員を同じ敷地内に住まわせるのが一般的だ。後宮のように第一夫人だけでなく第二夫人などの側室も一緒に住まわせることもある。その場合、夫人間の力関係でその部屋の配置が決まってくるそうだ。

母屋から離れた場所にある部屋ということを踏まえると、そこが第四夫人に割り当てられた部屋という可能性は高そうだ。だからこそ、彼女は毎晩晁衡《チヨウコウ》さんを歓迎できたのだろう。

「あぁ……、そうかもしれません」

晁衡《チヨウコウ》さんは何かを思い出すように、ゆっくりとそう呟いた。

「絵に夢中で覚えていなかったのですか？」

呆れたようにそう言った青闌《セイイ》様に、晁衡《チヨウコウ》さんは「あぁ、そうか」と頷いた。

「実は第四夫人付きの小間使いが食事や酒などを運んでくれたんですが、第四夫人にはお会いしたことがなくて」

「客人とはいえ、男と二人で会うのは憚《はばか》られるからな」

当たり前と言わんばかりの耀世《ヨウセイ》様の言葉を聞きながら、今回の騒動について色々な物が見えてきたような気がした。

県令の屋敷に到着すると、私達は過大な歓迎を受けることになった。門の入口には跪礼をして出迎える県令の姿だけではなく、第一夫人から第四夫人の姿もあると依依《イーイー》が少し驚きながら教えてくれた。

「た、大使様⁉　城のお役人様や女官様達まで……。こ、このようなあばら家によくぞおいでくださいました」

そう言って出迎えてくれた県令だが、少しすると慌てて家の人間に何やら指示を出していた。

「青闇《セイイ》殿は自分が行くとは、伝えていなかったみたいだな」

私が曳車から降りるのを手伝いながら、耀世《ヨウセイ》様はそっとそう囁いた。

「問題の屏風を見せていただけますか？」

「屏風――でございますか？」

柔らかい口調で青闇《セイイ》様に尋ねられ、県令は困ったように後方を振り返る音がした。

「天女が戻った屏風のことかと思います」

県令の視線に応えたのだろう。県令の後方に控えていた女性が静かにそう答えた。

「ま、まだそんなことを申しているか！」

そう激昂する県令から察するに、どうやら天女が屏風へ戻ったということを彼自身もにわかに信じていないのだろう。

「晁衡《チョウコウ》は見たと申していますが」

青闈《セイイ》様が不思議そうに尋ねると、県令は観念したかのように小さく唸り、「第四夫人の紹《シャオ》の部屋にございます」と呟いた。

「こちらが紹《シャオ》様でございましたか」

青闈《セイイ》様にそう言われて、県令は「はい」と頷く。

「早速、案内してもらえますか？」

「こ、こちらでございます」

青闈《セイイ》様に言われて、恐る恐るといった様子で立ち上がった県令からは、急に汗の匂いが漂ってきた。嘘《うそ》はついてないのだろうが、その震える声から何かを彼が隠しているのは明白だった。

「蓮香でなくても分かる。あの県令は怪しいな」

県令を先頭にして邸宅内を歩いていると、耀世《ヨウセイ》様がそっと耳に囁いた。

「晁衡《チヨウコウ》さんと天女の間に起きたことを軽い夫婦喧嘩程度に捉えていらっしゃるのでしょう」

「天女が屏風に帰ったのにか？」

私は少し考えながら、静かに頷く。

「だから第四夫人の態度が冷ややかだったのだと思います」

「確かに妙に淡々としていたな」

県令と第四夫人のやりとりを思い返しているのだろう。少し間があいて耀世《ヨウセイ》様がそう呟いた。

「おそらく県令は私達が屏風を見に来るとは思っていなかったのでしょう」

「なぜ分かる」

驚いたようにそう言った耀世《ヨウセイ》様に私は簡単な推理を披露することにした。

「まず晁衡《チヨウコウ》さんが十数年前、最初に屏風を見たのは母屋の客間でのことでした。客人として招かれたのですから母屋に通されるのは当然ですよね」

持ち運びができる屏風だ。おそらく使節が客として訪れるのを見越して母屋へ運ばせたのだろう。

「ですが今、私達は第四夫人の部屋へ案内されています。使節よりも扱いが丁寧になるべき上役の大使が来ているのにです」

「なるほど」と静かに納得する耀世《ヨウセイ》様に私はさらに言葉を続ける。

「おそらく屏風はごく一部の限られた人に対して使われるものなのでしょう」

「なぜだ――」

「もし、屏風が一般的な来客に対して使われるものならば、私達の目的が『屏風』だと知らなくても母屋に屏風があるはずだから……ですよね？」

耀世《ヨウセイ》様の言葉を遮って、そう楽しそうに答えたのは青闓《セイイ》様だった。

「ええ、そうです」

少し気圧され気味にそう答えると、青闓《セイイ》様は満足そうに頷いた。

「これ程まで同じことを考えられる女性と会ったのは初めてです」

嬉しそうに笑う青闓《セイイ》様と対照的に耀世《ヨウセイ》様は憮然とした様子で、私の腕を引く手に力を込めると「どうやら第四夫人の部屋に着いたようだ」と呟いた。

「こ、こちらでございます」

県令が震える声でそう言うと、重い布か何かを勢いよく取り去る音が聞こえてきた。

おそらく屏風にかけてあった布を取ったのだろう。

「あぁ……」

その屏風を前にした瞬間、晁衡《チョウコウ》さんは、そこが部屋の入口であるにも関わらずその場に泣き崩れた。

「瑾萱《ジンシユエン》、小晨《シャオチエン》……。前回は夜だったので、よく見えなかったが……」

屏風を前にして改めて妻と子を失ってしまった事実を突きつけられたのだろう。そう言った晁衡《チョウコウ》さんの声は震えていた。

「奥様とお嬢様で間違いないですか？」

私は耀世《ヨウセイ》様に導かれるようにして屏風の前に立つ。その途端、ふわりと包み込まれるような海の香りが立ち込め、私の推理は確信へと変わった。

「はい。妻です。あぁぁ、私が馬鹿だったんです」

そう言い切ると、人目を憚らず声を上げて晁衡《チョウコウ》さんは泣き出した。

「蓮香さん、ここから天女を呼び出す方法をお教えいただけますでしょうか？」

晁衡《チョウコウ》さんとは対照的に青闇《セイイ》様は、楽しそうに私にそう言って振り返った。

おそらく彼はこの屏風のからくりを全て分かった上で、私にそう聞いているのだろう。

「そうですね——」

私は屏風の表面にそっと指を這《は》わせて、思案する。

「百日、再び通われてみてはいかがでしょう？」

私の答えが思いがけないものだったのだろう。晁衡《チョウコウ》さんは、ぴたりと泣き声を止めて私へ振り返った。

「百日して屏風から天女が出てきたのでございますよね。でしたら再び百日通い、愛を囁けば再び出てきてくれるのではないでしょうか」

「それは、ずいぶん悠長ですね」

呆れたよう青闈《セイイ》様は私の提案を批判したが、晁衡《チョウコウ》さんは「ありがとうございます！」と絶叫するように叫んだ。

「なんで思いつかなかったんだろう。蓮香さん、本当にありがとうございます！　妻と娘が帰ってくるまで何日でも通います！」

晁衡《チョウコウ》さんはそう言うと、今度は県令に向かって大きく頭を下げた。

「天女が私の元を去ったのは、彼女を疑った私の不徳の致すところでございます。ですがどうか、どうか再び彼女達の元へ通うことをお許しいただけないでしょうか」

それは先ほどまでの弱々しい晁衡《チョウコウ》さんとは打って変わり、有無を言わせない勢いだった。そう願われた県令は「構いませんが……」と頷くことしかできなかったようだ。

◇◇◇

県令の邸宅に向かってから数日後、私は外宮にある謁見の間で耀世《ヨウセイ》様と宦官姿の瑛《エイ》庚《コウ》様に囲まれていた。

「しかし蓮香が外宮にいるなんて珍しいね」

丸めた書簡で肩を叩きながら瑛庚《エイコウ》様はそう言って驚いて見せた。耀世《ヨウセイ》様に譲るかたちで皇帝の座を降りた瑛庚《エイコウ》様だが、今もこうして皇帝の側近として政務には携わっているらしい。

「県令の娘でも皇后に謁見するためだけに後宮に入ることは難しいですからね。私から会いに来ました」

勿論、様々な手続きを踏めば一時的に後宮に足を踏み入れることはできるが、県令の邸宅に行った時の私は『皇后』ではなく『外宮の女官』だった。会うならば、外宮の方が自然だろうと思ったのだ。

「駄目だとは思っていたけど本当に駄目だ」

耀世《ヨウセイ》様は大きくため息をつきながらそう呟いた。何がだよ、と尋ねた瑛庚《エイコウ》様に耀世《ヨウセイ》様は「分からないのか？」と勢いよく振り返った。

「皆が蓮香を見ている」

小さく吐き出すように言った耀世《ヨウセイ》様の言葉に瑛庚《エイコウ》様は吹き出した。

「いや、御簾《みす》があるから見えないだろ」

それは至って冷静な指摘だったが、耀世《ヨウセイ》様には届いていなかったらしく「いや、見えるだろ」と即座に反論した。

「見慣れない女性がいることが、物珍しいのでしょう」

外宮にも女官として働く女性が一定数いるが、後宮と比べると圧倒的に少ない。特に皇帝の謁見の間に出入りできる女官は限られている。そのため普段見慣れない顔である私を異質なものとして見ているのだろう。

「そういうことじゃないと思うけどね。で、今日来るのは県令の娘で、えっと……」

「瑾萱《ジンシユエン》様です」

私が驚いていることに気付いたのだろう。瑛庚《エイコウ》様は、すぐさま「なんだよ」と不平を口にした。

「流石に俺も後宮の外の女まで把握しているわけないだろ」

「ですが使節の方が一目惚れする程美しい方だったとか」

筆を走らせていた耀世《ヨウセイ》様は、確かにと頷いた。

「屏風に描かれていた娘は確かに美しかったな。瑛庚《エイコウ》が好きそうな美人だった」

「だからさ、そういうの止めろよな。でも……」

瑛庚《エイコウ》様は何かを考えるように、机を指先で小さく何度か叩いた。

「そんな美人なら何で後宮に召し上げられなかったんだろうな」

瑛庚《エイコウ》様の疑問はもっともだ。後宮の后妃や宮女は基本的に選秀女を通して選抜される。この試験は基本的に本人が応募して受けるのだが、目を引く美人で県令の娘ならば後宮側から試験を受けるように打診することもあっただろう。

「十年前に適齢期の女性ならば、先帝の時代の話になりますよね」

私が耀世《ヨウセイ》様達と再会してから選秀女は開催されなくなったが、それ以前は必ず毎年開催されていたという。

「しかも病に倒れられた皇帝の御代だとしたならば……、あえてその身分を隠していたのではないでしょうか」

皇帝が亡くなれば、その后妃らは冷宮か神殿へと強制的に移される。下賜《かし》されない限り、他の男性と再婚することも許されない。

先帝が当時、病に倒れられていたのは市井でも有名だった。快復する見込みがないと思われていたのだろう。その時、皇帝の后妃として後宮に入っては人生を無駄にするようなものだ。

政治的にも無駄に手駒を捨てることになるだろう。

「なるほど。それで、そちが屏風から抜け出してきた天女か？」

瑛庚《エイコウ》様はそう言うと、腕を伸ばして書簡であさっての方向を指した。おそらく御簾《みす》越しに見えた瑾萱《ジンシユエン》様を指しているのだろう。

瑛庚《エイコウ》様の問いかけに、瑾萱《ジンシユエン》さんは「は、はい！」と返事をすると慌ててその場に跪礼した。

「このような場所に足を踏み入れ、申し訳ございません。私は女官の蓮香さんにお会いしたく……」

明らかに瑾萱《ジンシユエン》様の声は困惑していた。一介の女官に会いに来たはずが、皇帝の謁見の間に通されたのだから当然と言えば当然かもしれない。

仕方ないとはいえ彼女を騙す形になってしまったことに対して、申し訳なさがこみあげてきた。

「蓮香ならば、ここにおる」

耀世《ヨウセイ》様はそう言うと、顔を上げるように瑾萱《ジンシュエン》様に向かって小さく手を振る。

瑾萱《ジンシュエン》様は顔を上げた瞬間「え……。蓮香さん？」と驚きの声を上げた。外宮に来るため女官の姿をしてきたこともあり、彼女の目には一介の女官が皇帝の隣で頭も下げずに立っているという不思議な光景として映っただろう。

「ここに来られたということは、瑾萱《ジンシュエン》様は晁衡《チョウコウ》様をお許しになられたのですね」

「はい」

私の問いかけに、何かを観念したように彼女は静かに頷いた。

「どういうことだ？」

耀世《ヨウセイ》様は私に振り返り尋ねる。

「先ほども触れましたが、瑾萱《ジンシュエン》様は后妃になるのを避けるために身分を隠していたのでしょう」

「な、何故それを……」

私の推理を肯定するように、瑾萱《ジンシュエン》様は小さく驚きの声を上げた。

「たとえ第四夫人が生んだ子供でも県令の娘となれば、その存在を隠すのは難しかったでしょう。后妃になることを避けるため——とはいえ、その存在を徹底的に隠した結果、嫁ぎ先もなくなることになってしまったのではないですか？」

県令の娘ともなると家と家同士の政略結婚ということが多く、親や仲人が連れてきた相手と結婚するのが一般的だ。だが、瑾萱《ジンシュエン》様はその身分を隠したことによって、その結婚の話を進めることが難しくなったのだろう。

「だから屏風を用意されたのではないですか？　客人の中で相応の身分を持つ人間が現れた時に、客間に置いておく。そしてその屏風に興味を持った人に、縁談を持ち掛けるために」

「使節も本国では立派な貴族ってことが多いからね」

瑛庚《エイコウ》様は、持っていた書簡を振り回しながら、なるほどと頷く。

「だから県令は晁衡《チヨウコウ》さんが屏風に興味を持ったのを知り、百日通うように提案したんですよね？」

私の質問に瑾萱《ジンシュエン》様は「はい」と頷いた。

「だが何故、百日なのだ？　有力貴族ならば即嫁がせたらいいではないか」

「親心ではないでしょうか」

耀世《ヨウセイ》様の疑問は私が抱く疑問でもあった。

「あくまでも憶測ですが、異国に——しかも船で何日もかかる地に娘を嫁がせるのは心許《こころもと》なかったはずです。だから娘を大切にしてくれる人間か試したかった、と私はみております」

「百日、毎日通うなんて確かに狂気の沙汰《さた》だよな」

呆れたように瑛庚《エイコウ》様は、うんうん、と頷く。

「実は過去にも屏風に興味を持たれた方はいましたが、百日毎夜通ってきてくれたのは夫が初めてでした」

苦笑するように瑾萱《ジンシュエン》様はそう呟いた。その口調は過去の懐かしい日々を愛おしそうに思い出しているかのようだった。

「しかし屏風の絵が消えたというのは、どういう仕掛けなんだ?」

「烏賊《いか》の墨でございますよ」

屏風の前に立った時の、立ち込めた匂いを思い出しながら私は確信を得た口調でそう言い切る。

「烏賊《いか》とは?」

「はい。烏賊《いか》の墨は、黒く文字を書くことも可能です。ですが、その反面、一定の時間、陽の光にあたると消えてしまうという特色を持ちます」

「県令の家に行った時、屏風に布がかけられていたのは、陽の光から絵を守るためだったのか」

「おそらく。晁衡《チヨウコウ》さんが再び訪れ、百日間、謝罪のために通い続ければ陽の光によって絵が消えた頃に、瑾萱《ジンシユエン》様とお子様が現れる予定だったのではないでしょうか」

少し風変りな夫婦喧嘩と思っていた県令は邸宅に大使らが訪れる程の大事になり困惑したのだろう。だからこそ私は屏風の前では『百日再び通えばいい』と伝えたのだ。

あの場で真相を明かさなかったのは、妻を最後まで信じられなかった晁衡《チヨウコウ》さんに対する意趣返しでもあった。

「そこまでご存知でございましたか」

私の推理を一通り聞き終えた瑾萱《ジンシユエン》様は驚いたように、そう呟いた。

「ですが、百日を待たず後宮にいらっしゃったところを見ると、許して差し上げるのですか？」

「はい。毎晩、愛を囁かれるのを陰で見守るのは楽しかったのですが、大泣きしながら謝罪を続けられるのは気まずくて」

どうやら晁衡《チヨウコウ》さんは、あの日から宣言した通りに通っているのだろう。

「二度目はないということで許すことにいたしました」

そう言った瑾萱《ジンシユエン》様からは、怒りの感情ではなく柔らかく温かい感情が伝わってくるような気がした。もしかすると姿を消したのは、一種の意趣返しで本気で怒っていたわけではないのかもしれない。

◇◇◇

その日、薇喩《ビユ》が住まう宮——貴妃宮の庭にある東屋《あずまや》には酒を囲む二人の男女の姿があった。一人は宮の主である薇喩《ビユ》であり、その向かいに座るのは宦官の着物に身を包んだ青闈《セイイ》だった。

「皇后様は本当にすごいですね」

「何がでございますか？」

苛立った様子でそう尋ねた薇喩《ビユ》に怯《ひる》むことなく、青闈《セイイ》は楽しそうに笑った。

「月明りに輝く蓮《はす》の花のようだ。美しいだけではなく賢く気転も利く。陛下達が夢中になるのも当然だ」

「お兄様のお気に入りの淑恵《シユクエイ》によく似ておりますしね」

薇喩《ビユ》は吐き捨てるようにそう言うと、手元の杯を勢いよく飲み干した。

「あぁ……。薇喩《ビユ》、そんな飲み方をいつ覚えたんです？」

あまりの勢いに呆れたように青闈《セイイ》は、そう呟く。

「妾は最初から兄上が可愛がりたくなるような可憐な妹ではございませぬ」

苛立ったようにそう返した薇喩《ビユ》の言葉を青闈《セイイ》は否定することなく静かに笑い飛ばした。

「やはり手元に置いておきたい」

短くそう呟いた青闈《セイイ》の表情があまりにも真剣だったこともあり、薇喩《ビユ》は汚いものでも見るような視線を送る。

「お兄様の悪い癖ですよ」

「何がですか？」

薇喩《ビユ》の言葉に、我に返ったように青闈《セイイ》は笑顔を再び顔に張り付ける。

「欲しい物を手に入れるためならば、手段を選ばない癖でございます」

「薇喩《ビユ》……、あなたには言われたくないですよ。私の琴を手に入れるために、何人の女官に無実の罪を着せたことか」

「そのような昔のことを！」

真っ赤になって語気を荒げる薇喩《ビユ》を軽く笑い飛ばすが、少しして青闈《セイイ》は再び真剣な表情に戻った。

「で、皇后様を倭国に連れて帰る手立てがあれば、教えてください」

「無理でございます」

薇喩《ビユ》は、畳みかけるように即答した。

「耀世《ヨウセイ》様は周囲を憚ることなく蓮香を溺愛しております。平民であったあの娘を皇后の位につけたのが何よりの証拠でございます」

「それを倭国で聞いた時、私も耳を疑いましたよ。后妃ではなく『皇后』なのか——とね」

平民である宮女が皇帝の寵愛を受けて后妃となる、という事例は倭国でも時々起きており決して珍しい出来事ではなかった。だが一介の平民が最高位の『皇后』になったことは倭国では一度もなかったのだ。

薇喩《ビユ》は、優雅な手つきでそっと青闇《セイイ》の空いた杯に酒を並々と注ぐ。それはまるで慰めるかのような優しい手つきだった。

「おそらく蓮香を連れて帰るならば、耀世《ヨウセイ》様は倭国に本気で戦《いくさ》をしかけてくるでしょう」

私とは違いますよ、と薇喩《ビユ》は投げやりに呟く。

耀世《ヨウセイ》は薇喩《ビユ》が倭国へ帰国することについて、「次回の訪問まで待って欲しい」と引き下がったが、あの時、青闇《セイイ》がもうすこし強引に「薇喩《ビユ》を連れ帰る」といったならば、耀世《ヨウセイ》もそれを受け入れていたに違いないと薇喩《ビユ》は考えていた。

おそらく自分が後宮を追い出されるのは時間の問題で、倭国になるか離宮になるかの違いだと薇喩《ビユ》は半ば諦めていたのだ。

「それに蓮香は『皇后』でございます。仮に蓮香が貴妃でとしたら、倭国の皇太子である兄上が『欲しい』と言えば下賜されることもできましょうが」

「しかし、よく平民が皇后になれましたね」

どういうことか説明しろと言わんばかりの青闈《セイイ》の口調に薇喩《ビユ》は大きくため息をつく。

「先帝の弟である地方領主が、彼女の養父となったのです。地方の領主ではありますが、交易の地でもあるので中央政権にも発言権がある人物です」

「なかなか良い所を押さえましたね」

「何より紫陽国の威信にかかわります。他国の皇太子に望まれてあっさり皇后を下賜するなど、聞いたことがございません」

薇喩《ビユ》は、そうきっぱりと言い切ると扇をバサリと開き、酒で熱くなった自分の頬へ苛立った様子で風を送り始めた。言外で「諦めろ」と匂わせているのだ。

「皇后となると難しいでしょうね」

青闈《セイイ》は何かを考えるように、酒をゆっくりと舐《な》める。その瞳には日中にはなかった鋭い光が宿っていた。

だが、それに気付かない薇喩《ビユ》は青闇《セイイ》が蓮香を諦めたのだとホッと胸をなでおろす。

これまで後宮で起きた数々の事件のことを思い出すと、耀世《ヨウセイ》が蓮香のために倭国に戦を仕掛ける——という未来は容易に想像できたからだ。

「皇后でなければ——違うかもしれませんね」

そう最後に小さく呟いた青闇《セイイ》の不穏な言葉は、勿論だが薇喩《ビユ》の耳には届いていなかった。

# 第三章　断琴《だんきん》の交わり

屏風の天女が使節の元に戻ってから数日後、部屋の奥まで陽の光が差し込むようになった頃、私は青闈《セイイ》様から贈られた龍笛《りゅうてき》を手にしていた。

「倭国で職人に作らせたものでございます」

触るとつるりとした表面に所々凹凸があるのが指先から伝わってきた。おそらく何かが埋め込まれているのだろう。

「わぁーー。すごい。光が当たる度に蓮の花が輝いて見えますよ。金でもないし……、これって何ですか？」

私の後ろに控えていた林杏《リンシン》は驚きの声を上げる。他の宮女らも感嘆のため息を漏らしていることから、おそらくその細工は繊細で美しいものなのだろう。

「夜光貝《ヤコウガイ》を模様に合わせて切って埋め込んでいます」

「螺鈿《らでん》でございますね」

指先から伝わる感触の理由が分かり、私はなるほどと頷く。我が国でも高級品の装飾として親しまれている。

「本来でしたら表面を平らにするのですが、あえて指で触れられるように職人に注文しました」

「だから浮き上がって見えるんですね」

大げさなまでに感動してみせる林杏《リンシン》を無視することなく、青闈《セイイ》様は「よくお気づきになりましたね」と優しく頷かれた。普通ならば一介の宮女の言葉など無視する貴族が大半だ。薇喩《ビユ》様を力づくで連れ帰るという発言から彼を警戒していたが、意外にいい人なのかもしれない。

だが次の瞬間、青闈《セイイ》様が放った一言にその場にいた宮女の間に緊張が走るのが分かった。

「もしよろしければ、一曲お聞かせいただけないでしょうか」

「こ、こちらは倭国の龍笛ではないでしょうか。我が国のものと造りが違うと聞いておりますが……」

依依《イーイー》は慌ててそう申し出てくれる。

「そうなんですよね。だから、こちらの物は紫陽国用に造らせておりますので、ご安心ください」

明るい口調でそう言った青闇様《セィイ》に、依依《イーイー》は「失礼しました」と慌てて頭を下げた。

おそらく依依《イーイー》だけでなく、ここにいる全員が私は龍笛を吹けないと思ったのだろう。

確かに私は後宮に入ってから楽器を手にしたことはない。

一方、皇后であった薇喩様《ビユ》などは、龍笛だけでなく箏《そう》や琵琶《びわ》なども奏者顔負けの腕前を披露される。それが普通の皇后だ。子供の頃から専属の楽師が付き練習することが一般的らしい。

だから普通であれば皇后である私に青闇様《セィイ》が龍笛を吹けということは、何ら不思議なやり取りではないのだ。

だが彼はおそらく私が平民出身の皇后と分かっていて、あえて「吹いてみろ」と言っているのだろう。もしかすると私の資質を試しているのかもしれない。食えない男だ。先ほどまで感じていた「いい人」という認識が一瞬にして改まるのを覚えた。

「あ、あの私が代わりに――」

「大丈夫よ」

宮女の一人の申し出を私は、ゆっくりと手を上げて却下する。

「倭国の曲はあまり存じ上げないので申し訳ございませんが……」

私は右手で下四つの穴を、左手でその上三つの穴をふさぎながらゆっくりと龍笛を縦に構える。右腕を上げると、顔の横に笛が微かに当たる。それはひどく懐かしい感触だった。

上半身を軽くひねって吹き口に唇を添え、抑えるように息を吹くと想像した通りの綺麗な澄んだ音が鳴る。ゆっくりと指を動かしながら音色を奏でると部屋に軽やかな音が響き渡った。

『あぁ……良い笛だ』

指から伝わる音の振動に名残惜しさを感じながら、口をゆっくりと離して私は心の中でそう呟いた。

私は育った村で、笛を吹く練習もさせられていたが、使用していた笛は決して職人によって一つ一つ丹精を込めて作られたようなものではなかった。吹けば音は響くがそれだけだ。今、私の吹いている龍笛のような艶《つや》やかさを奏でることは決してなかった。

「すごいですね」

私が龍笛を再び膝の上に戻すと、青闈《セイイ》様は感心したようにそう言った。やはり私の想像通り彼は私が吹けないと思って、この笛を渡したのだろう。

「拙《つたな》い腕で、お恥ずかしいですわ」

謙遜して微笑むと、私の背後で張り詰めていた緊張がワッと緩むのを感じた。宮女達からは手放しで褒める声が漏れる。

「今回の使節団の中には、後宮の楽師団の皆様に指導を受けにきている者もおりますが、蓮香様に習いに来るべきかもしれませんね」

青闇《セイイ》様の歯の浮くような世辞に私は苦笑してみせる。

後宮の楽師は我が国随一の奏者が集まっている。そのため入団試験は非常に難関なことでも有名で、一定の基準に満たなければ合格者が出ない年もある程だ。

后妃を集めるために行われる試験である選秀女もやはり倍率は高いが、身分などを考慮に入れないと考えると、楽師として後宮で働く方が難しいかもしれない。

そんな後宮の楽師と私を比べて、私の方が上というのは流石に無理がある。

「我が国の楽師も倭国の皆様から学ぶところは多いと聞いております。ぜひご指導の機会をいただければと思います」

「そういえば我が倭国の留学生の中に今年の紫陽国の後宮楽師団の入団試験に合格した者がいましたね」

我が国の楽師から技術を学ぶために、他国から多くの留学生が訪れている。だがその留学期間はまちまちだ。

使節が滞在している間の短期間だけ、後宮の楽師団の技術を学ぶという留学生が最も多い。中には数年後——次の使節が来るまでの長期にわたり楽師団で学ぶ留学生もいる。

この長期滞在型の留学生がこの数年増えていることに加え、今回は倭国の使節団の訪問が後宮楽師団の入団試験の時期と合致したため、留学生も受験できるように手配されたのだ。

「留学生の方々は皆さま素晴らしい技量をお持ちだったらしく、選考には時間を要したと聞いております」

「でも合格できたのは一人だったとか」

流石、大使だ。という言葉を飲み込み私は微笑む。

倭国から訪れた留学生は十人だったが、後宮の楽師団に所属が認められたのはそのうち一人だけだったという。倭国の面子《めんつ》を立てるためにもう少し合格させてもよいのではないかと思ったが、楽師団長が倭国の使節団に対して忖度《そんたく》することを反対したらしい。

「ですが合格された方の腕は素晴らしいとか。通常、見習い期間を設けるところ、彼女の場合は直ぐに活躍していただくことになったようです」

人数ではなくその人材の素晴らしさに話を逸《そ》らすことで、青闈様《セイイ》の嫌味を受け流すことにした。

「確か……、後宮で演奏できる楽師の人数は決まっているんですよね？」

よく知っているな——と内心驚きながらも私は表情に出すことなく静かに頷く。楽師団の人数は百を優に超える。その中でも後宮内で演奏することを許されるのは二十人の正楽師のみで、それ以外の楽師は『見習い楽師』として、楽器の手入れなどの雑用を担当させられている。

「はい。実は先日、一人楽師が引退しましたので、新たに見習いから楽師を昇格する予定だったんです」

「その見習いの方には悪い事をしましたね」

申し訳なさそうに青闈様《セイイ》は、そう言ったがおそらく本気で思っていないのだろう。その言葉は非常に表面的なものだった。

「楽師の話をしていたら、私も一曲吹きたくなってきました。もしよろしければ、一曲披露させていただいてもよろしいでしょうか？」

「ええ、勿論。ぜひお聞かせください」

私がそう言い終わるのを待たず青闈様《セイイ》は、懐から布で包まれた何かを取り出した。

「あ……、もしかして蓮香様と揃《そろ》いの龍笛ですか？」

布を開く音がした途端、林杏《リンシン》は小さく叫んだ。

「揃いというわけではないんですがね。祖国で私の無事を祈ってくれる者が贈ってくれた笛なんです。その者も蓮の花が好きで……」

「素敵ですね」

色恋よりも仕事を優先する種類の人間かと思いきや、意外にそういうわけではないようで思わず笑みがこぼれてしまった。

「では――、皇后陛下のように上手く吹けるか分かりませんが……」

その言葉が終わるや否や奏でられた曲は、先ほど私が披露した曲と寸分もたがわない曲だった。

それは我が国でも知名度が決して高くない山間部に伝わる古い曲で、倭国の彼が知っていたとは思えなかった。おそらく私が吹いた曲を聞いただけで完全に再現したのだろう。

「すごい……上手い」

唖然《あぜん》としたように呟いた林杏《リンシン》の言葉が、その演奏を適切に評価していた。久々に笛を吹いたこともあり指の動きがぎこちなかった私の音色と異なり、流れるような音色が私の宮に響き渡った。

龍笛は低音から高い音まで奏でることができることから、「舞い立ち昇る龍の鳴き声」とも称される。青闇《セイイ》様の笛の音はまさに、そんな気高く優雅な響きがあった。

この男は食えない――。

その評価が私の中で改めて刻まれることになった。

◇◇◇

「しっかし、あの大使って何でもできるんですね」

宴のために結い上げられた私の髪をほどきながら、林杏《リンシン》は呆れたようにそう呟いた。

「龍笛も素晴らしい腕でしたが、琵琶も奏でられるとは」

私の顔にべっとりと塗りたくられた化粧を落としながら、依依《イーイー》も賞賛の言葉を口にした。

「しかも我が国の楽師も驚く技術をお持ちだったわね」

依依《イーイー》の邪魔にならないように、口を動かさないように私は宴でのことを思い出していた。

今日の宴は倭国の楽師の入団を祝うお披露目の会でもあった。

そのため彼女が単独で演奏を披露する箇所があったのだが、その途中で彼女の琵琶の弦が切れてしまったのだ。唖然とする楽師達を見かねたのか、青闇《セイイ》様は後ろにいた楽師から琵琶を取り上げ、楽師の代わりに演奏して見せたのだという。

「倭国と我が国の琵琶では形も違うのに、難なく弾いて見せるなんて神業ですよ。しかも初見の譜面を華麗に弾くなんて」

林杏《リンシン》は大げさにそう言いながら、私の頭に刺さった髪飾りを乱暴に抜いていく。どうやら宴での興奮がまだ冷めやらないのかもしれない。

「薇喩《ビユ》様も凄《すご》いけど、その上をいくわね」

髪から全ての髪飾りが外された解放感に私は大きく息を吐く。

「でも、弦を切っちゃった楽師、虐《いじ》められていないかな……」

ガチャガチャと音を立てながら髪飾りを片付ける林杏《リンシン》の言葉が気になり、思わず「どういうこと？」と尋ねてしまった。

「私、見ちゃったんですよ」

林杏《リンシン》は嬉しそうにそう言って小さく笑う。

「楽団長が、失敗した倭国の楽師を連れて自分の部屋に入っていったのを」

「それ、本当？」

そう尋ねる声は思わず鋭くなってしまう。失敗した楽師は『新人』だが、大前提として倭国の留学生という身分でもある。もし彼女に対する虐めなどが起きた場合、国際問題にも発展しかねない。

「それなら大丈夫ですよ」

林杏《リンシン》とは対照的に、静かに私の髪を梳《と》かしながら依依《イーイー》はそう断言した。

「なんで、そんなこと分かるんですかー」

不平そうにそう呟く林杏《リンシン》を気にした風もなく依依《イーイー》は作業を続けながら、その理由について説明してくれた。

「実は楽師団長から麻花《マーホア》の作り方を教えてくれ、と頼まれていたんです」

依依《イーイー》は私付きの宮女となる前、後宮でも人気の麻花《マーホア》を作り売っていた。

「で、さっき蓮香様のための夜食を取りに行った際に、団長と会ったんですけど『麻《マー》花《ホア》上手くできました』と嬉しそうにお礼を言われました」

「自分で食べるためじゃないんですか？」

訝し気にそう言った林杏《リンシン》に依依《イーイー》はそんなことはないと首を横に振った。

「一緒にいた見習いの楽師の方が『歓迎会なんです』って言って、酒も運んでいましたからね」

「団長の部屋で？」

楽団に新しい人間が入ると、歓迎会が開かれることはよくある。だが楽団長が個人的に開催することはなかったので思わず首を傾げてしまう。

「打ち上げみたいなもんじゃないですか？」

自分の下種《げす》な想像が外れていたことで、その話題に興味を失ったのか林杏《リンシン》は投げやりにそう呟いた。

「ま、問題を起こさないでくれるなら、私は何でもいいわ」

「そうですね」

そんな私達の期待を裏切るように、その日の夜中私達は悲鳴でたたき起こされることとなった。

「大変でございます。楽団長が亡くなりました」

寝台で眠りにつきかけていた耀世《ヨウセイ》様もその一言で目が覚めたのか素早く起き上がった。

「事故か？」

耀世《ヨウセイ》様に尋ねられ、部屋に駆け込んだ宮女は跪礼をしたまま慌てて首を横に振った。

「現段階では詳しい事は分かりかねますが……」

彼女が言葉を濁したことと宴の後に林杏《リンシン》達と交わした言葉が奇妙な形で結びつくのを感じた。

「もしかして倭国の楽師もその場にいたの？」

私が尋ねると宮女は小さく頷き、先ほどより一段声を小さくした。

「はい。団長と共に見習いの楽師も亡くなっており、その場に倭国の楽師が酔って眠っていたことから彼女が犯人ではないかという声もあります」

「瑛庚《エイコウ》を呼べ」

耀世《ヨウセイ》様は宮女に短くそう指示すると素早く寝台から降り、上衣などを用意していた宮女に身を任せた。

「瑛庚《エイコウ》様ですか？」

私は手際よく彼に上衣が着せられている音を聞きながら思わず尋ねた。今回の事件に瑛庚《エイコウ》様が関わっているとは思えなかったからだ。

「瑛庚《エイコウ》ならば、楽師の出自についても詳しく知っているだろう」

「なるほど――」

宮女の横のつながりから情報通と言われている林杏《リンシン》だが、その情報には偏りがある。

後宮の女性全般に関することは瑛庚《エイコウ》様に尋ねるのが一番だ。

「今晩も薇喩《ビユ》様のお側にいらっしゃるのですか？」

薇喩《ビユ》様が毒を盛られて倒れられてから、瑛庚《エイコウ》様は頻繁に彼女の宮へ通っていると聞いていた。

「まだ夜半だ。おそらくいるだろう」

耀世《ヨウセイ》様は瑛庚《エイコウ》様の行動をさほど気にした風もなく、そう短く返す。長年、二人で一人の皇帝として生活してきたからだろう。瑛庚《エイコウ》様がどのような意図で薇喩《ビユ》様の元にいるのか、誰に分からなくても耀世《ヨウセイ》様は分かっているのかもしれない。

耀世《ヨウセイ》様は素早く着物の最後の一枚を羽織ると私の元へ戻ってきた。

「気になるか？」

冗談じみた口調の奥に少し寂しさを含ませて、そう尋ねられ思わず苦笑する。

「薇喩《ビユ》様のお加減がまた悪くならないといいと思っただけです」

「宮医も『解毒は済んでいるはずですが』と首を傾げていたな」

私の言いたいことを理解したのか、耀世《ヨウセイ》様は小さく笑った。

「嘘だろ。薇喩《ビユ》のあれって仮病なのかよ」

私達の笑い声を聞いて、驚いたように瑛庚《エイコウ》様が部屋へ入ってきた。

「ずいぶん早いな」

「騒ぎを聞いてから直ぐに来たからね。俺を呼びに来た宮女と、さっき宮の入口で出会ったよ」

夜間ともなると後宮で起きた事件が全て皇帝の耳へ入るわけではない。おそらく現場では報告するか、しないかが検討されたのだろう。

事前に依依《イーイー》達に楽師団のことで何かあれば声をかけるように言づけておいて本当に良かったと思わされた。

「現場にいく道中、楽師たちの素性を教えてくれ」

耀世《ヨウセイ》様は私の手を引き、宮の外へ誘いながらそう瑛庚《エイコウ》様に尋ねた。

「おいおい、それで呼んだのかよ」

心底嫌そうな声を上げながら、瑛庚《エイコウ》様は耀世《ヨウセイ》様に不平を漏らす。

「お前より知っている者はいないだろ」

「はぁ――」

瑛庚《エイコウ》様は大きく息を吐くと、そんなに知っているわけじゃないけどさ……と前置きをしてからゆっくりと口を開いた。

「まず楽師団長は、太常寺《タイジョウジ》の長官――太常卿《タイジョウキョウ》の孫娘・凛風《リンファ》ね」

「太常寺というと外宮の太楽署《ダイガクシヨ》と鼓吹署《コスイシヨ》をまとめる要職ですよね」

私が尋ねると、瑛庚《エイコウ》様は明るい声で「正解」と答えた。

「で、凜風《リンファ》の父親が鼓吹署の長官なんだよね」

太楽署《ダイガクシヨ》は主に雅楽を担当する機関で、鼓吹署《コスイシヨ》は舞踏などの教習を担当する機関だ。凜風《リンファ》本人だけでなく祖父の代から父親に至るまで国の要職につく程の生粋の音楽一族なのだろう。

「楽師一家というわけか」

少し不機嫌そうに耀世《ヨウセイ》様はそう呟く。どうやら私が瑛庚《エイコウ》様と言葉を交わしたのが気に入らないのだろう。

「そんでもって、一緒に死んでいるっていう見習いの楽師は、春鈴《シユンリン》って名前だ。凜《リン》風《ファ》が凛とした美人なら、春鈴《シユンリン》は可愛らしい感じの子だよね。失敗も多かったみたいで、よく凜風《リンファ》から叱られていたみたいだし」

「よくあることだろ」

短く切り捨てた耀世《ヨウセイ》様の言葉に私も静かに頷いて同意する。芸事はその指導が厳しくなることは珍しくない。

「でもさ、その指導の甲斐《かい》もあって春鈴《シユンリン》も今年、見習いから正楽師に昇進できる予定だったんだよね」

「今回、昇進が見送られた見習いって――」

「そう！　春鈴《シュンリン》なんだよ。まぁ、っていっても春鈴《シュンリン》の正楽師への昇格は実力というよりも年功序列的な部分もあったらしいけどね」

通常、数年もすると見習いから正楽師になることができる。逆に昇進できなかった人間は楽師ではなく、宮女として後宮で働くようになるのだ。

春鈴《シュンリン》さんが団長と共に後宮に来て見習い楽師を続けていたならば、見習いの中では最も年長にあたる部類だったのだろう。

「二人は姉妹とか――特別な関係だったのでしょうか」

宴の後に依依《イーイー》から聞かされた話を思い出し、そう尋ねた。団長である人間が留学生を歓迎するのは分からなくもないが、そこに見習いの楽師が同席するのが不思議だった。

「それも正解！　春鈴《シュンリン》は元々、凜風《リンファ》の生家で侍女として働いていたんだって。でも音楽の才があるということで、見習いとして一緒に入団しているんだよね」

なるほど――と私は頷きながら、事件解決への糸口がつかめるような気がして思わず耀世《ヨウセイ》様の腕に回す手に力を込めた。

「それで同席していた留学生については知っているか?」

「流石にそれは——」

耀世《ヨウセイ》様の質問に瑛庚《エイコウ》様は笑いながら、否定すると二人の人物が私達の進路上に現れる足音がした。

「それでしたら私がご説明しましょう」

青闈《セイイ》様の声だった。

できれば彼に知られる前に事件を解決したかったのだが、宦官として後宮にいる以上、彼の耳に届いてしまうのは仕方ないかもしれない。そんな彼の後ろには当たり前のように占い師の佩芳《ベイファン》さんもいるようだ。どうやら青闈《セイイ》様は彼からも知恵を借りようとしているのだろう。

「留学生として入団した娘は、美朱《ミンシュウ》と申します。やはり我が国の宮中でも楽師として活躍していた人物でして、特に琵琶を得意としておりました。今回の入団試験も満を持して臨んでおりました」

「確か——琵琶の弦が切れた者ですね」

そう尋ねた耀世《ヨウセイ》様に青闈《セイイ》様は静かに頷く。

「ええ、あの場では事故と致しましたが、故意に切られた跡がありました」

「陰湿な嫌がらせだな」

唾棄《だき》すべき行為と言わんばかりに小さく呟いた瑛庚《エイコウ》様に、青闈《セイイ》様は小さく笑った。

「ま、そんなことはよくあることですが、そのような嫌がらせを他にも受け犯行に至った——と考えられているようです」

どうやら現場では美朱《ミンシユウ》様が犯人という線で動いているのだろう。

「今は泥酔しており意識がないのですが、身柄は拘束しています」

「第三者による犯行という可能性はないのでしょうか」

団長と見習い楽師の二人を恨む第三者による犯行も考えられそうだが、私の質問を青闈《セイイ》様は首を横に振って否定した。

「凛風《リンファ》殿の部屋は、西塔にあります。塔の入口には衛兵がおり、事件の前後に犯人らしき人物が通った姿は目撃されていません」

「西塔は楽器などを保管していますからね。部屋はありますが、楽器の手入れをするために楽師が出入りするだけですし……、夜間の立ち入りは基本的に禁止されています」

私の後ろについてきていた依依《イーイー》が、的確にそう説明してくれた。犯行現場は密室というわけか……、と思わず小さく唸ってしまった。確かにこの状況ならば、美朱《ミンシユウ》様を犯人と考えるのが自然かもしれない。

「それで美朱《ミンシュウ》殿の罪を隠蔽《いんぺい》しろ──というわけですか？」

嫌味のつもりなのだろうか、耀世《ヨウセイ》様は優雅にそう提案した。確かに皇帝である彼が指示を出せば、今回の事件を『事故』として扱うのは難しくないだろう。

「いえ、そのようなことは。ただ、犯人は美朱《ミンシュウ》ではないと考えているんですよ」

青闇《セイイ》様は当たり前だと言わんばかりに言い切った。

「既に遺体を見に行ったのですが、団長は布のようなもので首を絞められて、塔から突き落とされていました。一方、見習い楽師の方は、窓枠に額を打ちつけられてから団長と同様、塔から突き落とされたようです」

「何故、窓枠と分かったのですか？」

耀世《ヨウセイ》様に尋ねられ、青闇《セイイ》様は「それはですね」ともったいぶったように口を開いた。

「二人が落ちたとみられる窓枠に血の跡がついていたんです。遺体が発見された時にその血が乾いていなかったことから見習い楽師のものだということになったようです」

耀世《ヨウセイ》様と共に「なるほど」と頷きながら、私の中に別の疑問が浮かんできた。

「団長の首は紐《ひも》ではなく布で絞められていたんですか？」

紐ではなく面が広い布で首を絞めると、力が分散してしまうため思うように力が籠《こ》められないことが多い。

「おそらく領巾《ひれ》が使われたとみています。泥酔していた美朱《ミンシユウ》の手にあったんですよ」

「お披露目の際に着けていらっしゃった物ですか？」

彼女の琵琶の弦が切れてしまった時、彼女がもどかしそうに領巾を振り払っていた音を思い出し思わず聞き返す。

「ええ、それです。正楽師の皆様が揃いでつけている朱色の領巾です」

「それでしたら凶器にはなりません」

私は確固たる自信をもってそう宣言した。

「というと？」

私の中にある自信に気付いたのだろう。耀世《ヨウセイ》様はそう言って私の言葉の先を促してくれた。

「楽師団が身に着ける領巾は、演奏に適した繻子《しゆす》織りを採用しております。密度は高く生地は厚いのですが柔軟性に長《た》けております。また、光沢もあるので舞台映えするんです」

「確かに輝いていたけど、あれって普通の絹の領巾じゃないんだね」

瑛庚《エイコウ》様に尋ねられ、私は力強く頷く。

「繻子織りは規則的に経糸《たて》と緯糸《よこ》を飛ばして作った織物です。特に楽団のものは十二繻子織りといって、緯糸を十一本浮かせ、十二本目で経糸を通した特別な布なんです」

作製が非常に難しいことから正楽師のみが身に着けられる特別な領巾として、後宮では有名だ。

「つまり舞台映えはするけど、強度はないと——いうことですね」

青闇《セイイ》様の理解力の速さに舌を巻きつつも私は「はい」と静かに肯定した。

「万が一、正楽師の領巾が犯行に使われていたならば、団長の首を絞めた時点で布が裂けるか破けるかしたでしょう」

「だから美朱《ミンシュウ》は残った見習い楽師の額を窓枠に打ち付けて殺したのではないのか?」

凶器が失われたため物理的犯行に及ぶというのは、自然な流れだ。だが耀世《ヨウセイ》様の推理をすぐさまに否定したのは青闇《セイイ》様だった。

「美朱《ミンシュウ》は、原型を留めた領巾を身に着けていました」

「もしよろしければ、先に春鈴《シュンリン》さんの部屋に行かせていただけないでしょうか」

私の提案に耀世《ヨウセイ》様の歩がピタリと止まる。

「西塔にではなくか？」

ええ、と私は静かに頷いた。おそらく青闇《セイイ》様の言っていることは間違っていないだろう。犯行の仕組みは想像することができたが、その動機を知るための手がかりが欲しかった。

「楽師団の住まいはこちらでございます」

遠慮がちに依依《イーイー》が私の右側の袖を小さく引いた。それはこれまで歩いてきた方向とは反対の方角を指していた。

「西塔まで少し遠回りになるだけだ」

耀世《ヨウセイ》様は安心させるようにそう言うと私の手を引いて、右側に踵《きびす》を返した。

「犯人は春鈴《シユンリン》さんです」

土を踏みしめる香りを嗅ぎながら私はそう断言する。どうやら耀世《ヨウセイ》様は近道をするために、庭を通り抜けているようだ。

「首を絞める際、紐ではなく領巾を使った場合、かなりの力を加えないと殺すことはできません。おそらく窓際に座る凜風《リンファ》さんの背後に回り、首に領巾を巻き付け背負うようにして首を絞めたのでしょう」

「なんで、そんなこと分かるんだよ」

ワケが分からないと言いたげな口調で瑛庚《エイコウ》様が小さく非難してきたのに対し、私は「額の怪我でございます」と言ってゆっくりと自分の額を指でたたいて見せた。

「凜風《リンファ》さんに背を向け、前かがみになる姿勢だったからこそ、窓枠に額をぶつけてしまったのでしょう」

「その怪我が原因で自殺したのか？」

横から投げられた耀世《ヨウセイ》様の問いに私は首を横に振る。

「おそらく背負いながら首を絞めた勢いで、そのまま団長である凜風《リンファ》さんは窓の外に飛び出してしまい……」

「それを抱えていた見習い楽師殿も窓から落ちたというわけですか」

青闌《セイイ》様は、「なるほど」と頷きながら私の言葉を補足する。

人間が大きく弧を描くようにして落ちた場合、相当な力が働いているだろう。二人が窓から飛び出すようにして落ちるのも不自然ではない。

「なぜ見習い楽師がそのようなことを――？」

耀世《ヨウセイ》様は不思議そうに首を傾げる。

「殺すならば、正楽師の座を奪った美朱《ミンシユウ》を殺すのではないのか？」

『正楽師になりたい』という動機だけならば、確かに美朱《ミンシユウ》さんを殺すのが手っ取り早い。

「おそらく『正楽師になりたい』から殺したのではなく、『正楽師にさせてもらえなかった』から殺したのではないでしょうか」

いつの間にか私の隣を歩いていた青闈《セイイ》様がそう呟く。

「年功序列でようやく正楽師になれると思った矢先に、留学生が見習い楽師を飛ばして正楽師になった。団長が出した内示ですよね」

青闈《セイイ》様の推理に私は頷いて肯定する。楽師団の人選は主に団長が中心となって決める。勿論、尚儀局などの式典に携わる人間も意見を口にするが、絶対的な人事権は団長にあるだろう。

「団長は後宮においても見習い楽師を侍女として扱っていたのではないでしょうか。だからあえて正楽師にさせなかった。そうすれば今後も侍女として好きなように扱うことができますからね」

「確かに荷物を持たせたり――侍女みたいな扱いをさせられていました」

青闈《セイイ》様の推理を肯定するように林杏《リンシン》が呟く。

楽師団の団長といえど、後宮内での身分は正六品と決して高くない。そのため尚儀局の局長などとは異なり、基本的に侍女をつけることはできない。だが生家から連れてきた侍女ならば、後宮でも侍女として扱い続けることはできるだろう。

「それに気付いた春鈴《シユンリン》さんは、凜風《リンファ》さんが団長で居続けるならば、一生自分は見習い楽師だ……と絶望して、殺害に及んだ——と考えるのが自然だと思いますね」

青闈《セイイ》様の推理が終わった頃、私達はちょうど春鈴《シユンリン》さんの部屋へとたどり着いた。

「ここですね。見習いなのに一人部屋だったんですね」

依依《イーイー》は、訝し気にそう言うと部屋の扉をゆっくりと引いた。扉が開かれた瞬間、古くなった蜜蝋《みつろう》の香りが鼻へと届く。

「こ、これは！」

部屋に入った瞬間に叫んだのは、青闈《セイイ》様の後ろにいた佩芳《ベイファン》さんの声だった。

「瑪蝗蠱《ばこうこ》でございます！」

「ばこうこ……。何ですか？」

佩芳《ベイファン》さんの側へ歩み寄ろうとした林杏《リンシン》の足音が聞こえ、私は素早く彼女の腕を掴んだ。

「蛭《ヒル》を使って作った蠱毒《こどく》のことよ」

「ひ、蛭⁉」

林杏《リンシン》の悲鳴が部屋に響き渡り、新たな緊張感が宮女の間に走るのを感じた。たとえ死んでいたとしても蛭の姿など彼女達も見たくないだろう。

「皇后様、よくご存知でございますね」

佩芳《ベイファン》さんは、そう言って嬉しそうに手を叩くと一気にまくしたてるように瑪蝗蠱《ばこうこ》について語り始めた。

「瑪蝗蠱《ばこうこ》は、大量の蛭を集め、それを乾燥させたものでございます。呪われた人間は腹痛や嘔吐の症状が現れて、三年から四年で死亡します！　運よく生き延びても、強力な呪いであるため、この症状は十年続きます。しかし――」

佩芳《ベイファン》さんが何か言葉を言いよどんだことに気付いたのだろう。青闇《セイイ》様は「どうしました？」と小さく尋ねた。

「かなり量が少なくなっているのでございます。瑪蝗蠱《ばこうこ》は食事に混ぜて使うため、これだけ量が少ないとなると既に誰かに使われた可能性が高いです」

「もしかすると春鈴《シュンリン》さんは、凜風《リンファ》さんを瑪蝗蠱《ばこうこ》で呪おうとしていたのでしょうか」

青闇《セイイ》様の発言に「おそらく」と佩芳《ベイファン》さんが勢いよく頷く。その様子に背中を押されるように青闇《セイイ》様は言葉を続けた。

「だが素人の呪いだ。呪いの効果はなく、殺人に及んだ――という可能性が高そうですね」

既に事件が一つ解決しようとする中、私の中に残る疑惑を解決したく依依《イーイー》の袖を静かに引いた。

「琵琶——はある？」

部屋の奥へ向かって尋ねると、依依《イーイー》が小さく息をのむ音が聞こえた。

「よくお分かりになりましたね。琵琶が何面かあります」

依依《イーイー》は、そう言うと灯りを持ちながら部屋の中へと進んでいく。少しして「こちらでございます」と私に一面の琵琶を差し出した。

「これは——予備のものではなくて？」

部屋に入った瞬間に私の鼻へ届いた古くなった蜜蝋の匂いが手元から立ち込めたため、思わず尋ねる。琵琶は蜜蝋を塗り込み磨くことで艶を出す。だがこの琵琶からする蜜蝋の香りとベタベタとした手触りからすると、最後に磨かれたのは半年以上前のことになりそうだ。

「弦がちゃんと張られているものは……これしかありませんね。持ち出していたのでしょうか」

「歓迎会に持っていったのかしら」

弦を手で軽く弾くと間の抜けた音が部屋へと響く。少なくとも今日は、弦を調整していないようだ。つまり琵琶を奏でてもいないのだろう。

「現場にも琵琶はありましたが、凜風《リンファ》さんと美朱《ミシュウ》のものしかありませんでしたね」

考え込んでいる私に手を差し伸べるように青闈《セイイ》様がそう教えてくれた。

「春鈴《シュンリン》さんの動機は、おそらく青闈《セイイ》様の仰る通りだと思います」

琵琶の弦を少し調整して、弦をゆっくり弾くと心地よい音が返ってきた。あまり琵琶に明るくない私でも分かる『よい琵琶』だ。青闈《セイイ》様が下さった龍笛のように職人が一つ一つに魂を込めて作り、何代にもわたって大切に奏でられているものだろう。

「でも凜風《リンファ》さんは、単に春鈴《シュンリン》さんを侍女に留めておきたかったわけではないと思います」

琵琶は決して安いものではない。特に春鈴《シュンリン》さんが持っていた何代にもわたって大切にされているような琵琶は、平民の家が一軒買える程の値段で取引されることも少なくない。

見習い楽師が持てるようなものではないのだ。おそらく団長が春鈴《シュンリン》さんに与えたのだろう。団長は見習い楽師の中で誰よりも彼女に目をかけていたに違いない。現に正楽師になれず、かなりの年数が経っているが見習い楽師でいることを許されている。

「この琵琶を見ても数日、練習していないのが明らかです。蜜蝋の匂いからしても手入れはほとんどされていません。素人の私でも気付いたことです。凛風《リンファ》さんもそのことに気づいていたのではないでしょうか」

凛風《リンファ》さんは、目をかけていた春鈴《シュンリン》さんのそんな態度に苛立ち、時には厳しい言葉を投げかけたこともあったのだろう。だが、その思いは春鈴《シュンリン》さんに届くことはなかった。

「あえて春鈴《シュンリン》さんを差し置いて留学生である美朱《ミンシュウ》さんを正楽師にしたのは、最年長の見習い楽師――というだけで、正楽師になろうとした春鈴《シュンリン》さんに対する苦言だったのではないでしょうか」

だから美朱《ミンシュウ》さんの個人的な歓迎会に、春鈴《シュンリン》さんも同席させたのだろう。

おそらくそれは明確な指摘ではなかったが、凛風《リンファ》さんは長年の付き合いからその意図を春鈴《シュンリン》さんが理解してくれると思ったに違いない。

「琵琶を弾くことができればいい――なんて単純な想いは何時からなくなったんだろうな」

瑛庚《エイコウ》様はそう言って、私の手から琵琶を取ると弦をそっと撫でるようにして弾いた。

指に専用の道具をつけていないこともあり、その音は短く弾かれるような音だったが、主を失った部屋に響き渡ることで、物悲しさを語っているような気がした。

◇◇◇

二人の楽師が亡くなった事件が解決した明け方、薇喩《ビユ》の部屋で青闈《セイイ》は一枚の絵を見つめていた。

「兄上――そちらは？」

既に部屋の一角にいるのが当たり前になりつつある兄の姿を確認すると、薇喩《ビユ》は咎《とが》めるようにそう尋ねた。青闈《セイイ》の手にある絵に描かれた人物が見知った顔だったからだ。

「蓮香でございますか？」

「あぁ、本人を手元に置いておくわけにはいきませんからね。絵師に描かせました」

後宮の絵師を私的な理由で使った、と臆面《おくめん》もなく語る兄に薇喩《ビユ》は、「兄上！」と叫ぶ。しかし、青闈《セイイ》は動じた風もなく、絵を見つめ続けていた。

「私がこの二十数年、ずっと探していた女性だ」

そう言って食い入るように見つめる青闈《セイイ》の姿に、薇喩《ビユ》は頭を抱えた。

「諦めたのではなかったのでございますか？」

本腰を入れて話を聞かなければいけないと薇喩《ビユ》は青闈《セイイ》の隣に座った。

「我が国には蓮香に瓜《うり》二つの淑恵《シュクエイ》がおるではございませんか」

「薇喩《ビユ》にとっては、瑛庚《エイコウ》様も耀世《ヨウセイ》様も同じなのですか？」

「そんなわけ――」

そんなわけはないと言いかけ、薇喩《ビユ》は自分が兄に投げかけた言葉が同じ意味を持つことに気付き小さくため息をつく。

「確かに淑恵《シユクエイ》と蓮香は違います。ですが蓮香は紫陽国で幸せに暮らしております。それでよいではございませぬか」

「本気でそう思いますか？」

呆れたようにため息をついた青闈《セイイ》に、薇喩《ビユ》は明らかにムッとして見せる。

「薇喩《ビユ》、為政者が毛色の違う女に興味を持つのは世の常です。我が国でも先々代の御代に、身分の低い女官を妃に迎えた例がありましたね」

「ええ。有名な逸話でございます。その寵愛は厚く、妃が『宮中は堅苦しい』と言っただけで、わざわざ都の外れに美しい庭園がある邸宅を造らせたこともあったとか」

かすかな記憶を手繰り寄せるように、薇喩《ビユ》はゆっくりと兄の話に同調する。

「その妃がその後、どうなったか薇喩《ビユ》は知っていますか？」

「極楽浄土のような庭を造ったのは有名な話ですが――」

そう言われて初めて薇喩《ビユ》は、その妃について自分が知っている情報は『庭』だけだったことに気づかされた。

「妃として寵愛を受けたのは、たった数年だったと言われています。しばらくして別の妃との間に皇子が生まれた途端、陛下の興味は元女官の妃から皇子へと移りました。結局、莫大な費用をかけて造った邸宅にはその後、妃が住んでいながら陛下は一度も足を踏み入れなかったとか」

「体のいい厄介《やっかい》払いになったのですね」

陛下からの寵愛があるならば、その側から離れるべきではなかった——と薇喩《ビユ》はその妃の浅はかさに苦い思いがこみあげてくるのを感じた。

「蓮香が同じ道を歩まない、とどうして言えるのですか？」

「蓮香は子供の時に耀世《ヨウセイ》様と知り合われており……」

当たり前のことを言うなと言わんばかりの薇喩《ビユ》の口調を青闈《セイイ》は馬鹿にしたように小さく笑う。

「それほど恋い焦がれる相手が同じ後宮にいながら、何故、陛下達は長い間気付かなかったのですか？」

「それは——」

反論の言葉を口にしようとして、薇喩《ビユ》はハッと言葉を失う。

「私のように血眼《ちまなこ》になり探していたわけでもなく、ふと現れたから気まぐれで寵愛を与えているだけの人間に蓮香を渡したくないのですよ」

青闇《セイイ》はそう言うと、自分の二の腕に爪を立てた。ギリギリと皮膚をえぐる音に薇喩《ビユ》は眉をしかめながら小さくため息をつく。

「兄上もほんに頑固でございますね」

それは諦めに似たため息だったが兄に対する愛おしさが含まれていることに、青闇《セイイ》は気付くことはなかった。

# 第四章　地の塩

「はぁー、ありえないですよ」

その日、私の入浴の手伝いをしながら林杏《リンシン》は特大のため息をついた。皇后になる前は一人で行っていた入浴だが、皇后になってからは毎晩、林杏《リンシン》達が私の髪や体を洗ってくれる。皇后は一人で入浴してはならないという決まりがあるのだ。

「何か大変なことでもあったの？」

あまりにもわざとらしいため息に思わずそう尋ねると林杏《リンシン》は、私の髪を洗う手を止めて「聞いてくださいよ」と叫んだ。

「尚官局《しょうかんきょく》から美容のために塩を使うなって言われたんです」

肌の角質を落とすために、多くの后妃は塩を愛用している。林杏《リンシン》いわく血行もよくなるらしく、美肌に良いのだとか。

私の元へも美容用の塩が支給されているが、元々使う習慣がなかったこともあり林杏《リンシン》に譲っていたことを、その時になりようやく思い出した。

「確か塩の値段が高騰《こうとう》していたんだったかしら」

依依《イーイー》に向かって尋ねると、静かに頷いた。衣擦《きぬず》れの音とは別に布がこすれる音がしたところをみると、おそらく湯殿の横で身体を拭くための布を持って控えていたのだろう。

「南方での悪天候が原因で塩が凶作となっているようです」

塩の凶作の話は数週間前に耀世《ヨウセイ》様から聞いていたが、後宮での使用にまで影響しているとは思っていなかったので少なからず驚かされた。

「国の備蓄分は既に販路に回していたはずよね……？」

塩は生きていく上で欠かせない調味料だ。そのため我が国では塩の販売は国の専売制として行っている。塩の販売は非常に多くの利益を生むこともあり、専売制にすることで国の財政収入を確保するのが最大の目的だ。

だが時には国の備蓄分を余分に販路に出すことで価格を落ち着かせるという役割を担うこともある。

「備蓄分では賄えない程、塩不足は深刻なようです」

「昨年の十数倍で販売されているみたいなんです」

低く抑えた依依《イーイー》の声とは対照的に林杏《リンシン》は楽しそうにそう呟いた。どうやら彼女にとって、この事態は非日常として楽しめる余裕がある問題なのだろう。

「もう後宮中、后妃様方を中心に『肌が大変』『化粧ののりが悪くなる』って大騒ぎですよ！」

そんな彼女の能天気さに頭が痛くなると同時に、他の后妃らにとっても塩の凶作は『美容』に関する問題でしかないのだろう。現に後宮の料理の味付けが変わったり、料理の品数が減る……という事態には発展していないからだ。

「百倍になるのも時間の問題かしら――」

備蓄分を販路に回したのは、つい数日前のことだ。それにもかかわらず価格が落ち着かないということは、塩田の整備など根本的なところへの助成が必要となってくるのだろう。

「過去にも何度か同様の高騰はございますね」

林杏《リンシン》が乱暴に洗い流した私の髪を丁寧に梳《と》かしながら依依《イーイー》は辛そうに呟いた。

平民出身の彼女にとっては、この塩の高騰が平民の生活にどのような影を落とすか分かっているのだろう。人は塩がなければ生きていけない。塩を買うため他に食費を回せないという事態に陥るのだ。貧民層に至っては餓死者が出る可能性もあるだろう。

「皇后になっても、意外に無力ね」

私は依依《イーイー》に髪を拭いてもらいながら小さくため息をつく。

後宮では最高権力者である皇后だが、塩の高騰など国の危機に関しては無力もいいところだ。何もできないと言っても過言ではない。

「どこかで塩が手に入ればいいのですが……」

「済州《さいしゅう》！」

私は勢いよくその場から立ち上がった。何人かの宮女が慌てた様子で私の裸体を隠そうと布を持って駆け寄る音がしたが、そんなことはどうでもよかった。

「養父上《ちちうえ》がいらっしゃるわ」

済州の城主であり、先帝の弟でもある人物が私の養父となってくれたことで、私は皇后としての地位をなんとか手に入れることができたのだ。

済州は都から南方に一週間程下った場所にある。都から距離がありながら決して広い領地を持っているわけではなかったが、その城主を先帝の弟が務めるのには理由があった。

塩が採れるのだ。

塩は必需品ということもあり、その塩の産地である済州の財政は豊かなことでも知られている。もしかしたら塩不足を打開する策があるかもしれない。

「皇后にもできること、あるじゃない」

初めて自分の可能性に気付かされて、私の気持ちは高揚していた。

◇◇◇

「紫陽国は平和な国なのですね」

済州に向かうと決めてから十日後、私は曳車に揺られながら向かいに座る青闈《セイイ》様に穏やかな口調で話しかけられていた。

「平和――でしょうか？」

質問の真意をはぐらかすために、そう切り返すと青闈《セイイ》様は「そうですよ」と朗らかな笑い声をあげた。

「だって、こんなにあっさり地方視察に皇帝陛下が同行するんですから」

「いえ……、今は尚書省《しょうしょしょう》の長官として同行しています」

私の隣に座る耀世《ヨウセイ》様は言葉を固くして、青闈《セイイ》様の言葉を否定する。

「で、皇后陛下は宮女に扮して同行と――。薇喩《ビユ》が後宮から離れられないと言うのも分かる気がしてきました」

風向きが思いもよらず良い方向に向き始めたので、私は「そうなんです」と少し身を乗り出した。

「薇喩様がいらっしゃらなければ、我が国の後宮は立ち行かなくなるのでございます」

「そのようですね。ですが薇喩《ビユ》を離宮に移された後はどうされるのです？」

「そのようなことは——」

させない、と言いかけて私は言葉を失う。子供がおらず一定年齢に達した后妃を後宮に留めておく制度が存在しないのだ。何度か後宮の人事を司る尚官局の人間とも話し合ったが、「前例がない」の一点張りだった。

言いよどむ私に青闇《セイイ》様は呆れたように小さく笑った。

「それほど薇喩《ビユ》が後宮に必要ならば、皇后の位をお譲り下さればよいのでないですか？」

「それについては——」

いい考えがあると言いかけた口を耀世《ヨウセイ》様が慌てて塞いだ。

「薇喩《ビユ》殿を離宮へ移さない、ということも含め相談します故、しばしお待ちくださいと何度も申しておりましょう」

苛立った様子で耀世《ヨウセイ》様はそう言うと、ゆっくり私の口からその大きな手を外した。

「それより何故、青闇《セイイ》様も同行されたのですか？」

他人のことを言えるのか、と言わんばかりの口調で耀世《ヨウセイ》様はそう青闇《セイイ》様に切り出した。だが青闇《セイイ》様は気にした様子もなく「あぁ」と小さく頷かれた。

「逆ですよ。済州の塩田視察は元々予定していました」

突然、聞かされた予定に私も耀世《ヨウセイ》様も鳩《はと》が豆鉄砲をくらったように言葉を失ってしまう。

「そこへ皇后様が済州へ行かれるという話を聞き、予定を早めただけです。済州の塩田事業は大規模で素晴らしいらしいじゃないですか」

「た、確かに……、元々塩の産地でしたが、数十年前に城主に就任した者が大々的な塩田事業を行い我が国随一の産地となりました」

耀世《ヨウセイ》様は渋々と言った様子で説明を始めた。おそらく現城主の先代の時代のことだろう。

「我が国でもその事業を導入できないかと考えていたんですよ」

あくまでも偶然を装うが、何かを企んでいるのがその口調から伝わってきた。

「ですが、陛下こそわざわざご同行いただかなくても、皇后様のことならば私が命に代えてもお守りしますよ」

「それが心配なのです」

珍しく焦った様子の耀世《ヨウセイ》様を不思議に思いながら、済州へ続く道を進む曳車に身を委ねることにした。

歓迎される――どこかそう思い込んでいた私達の期待を、済州の城の人々は大きく裏切ってくれた。言葉や挨拶は丁寧に対応され、直ぐに豪華絢爛な客間へも案内されたが、その後は放置されている。

既に陽はすっかり傾いているのだろう。頬をかすめる潮風は冷たく夜の香りを運んできた。

「城主様がお亡くなりになられたようです」

私付きの侍女として同行した依依《イーイー》は、外から戻ると私にそっと耳うちをした。お茶のお代わりを貰《もら》ってくる――という体で部屋を抜け出し、情報を集めてくれたのだ。

「嘘……」

突然もたらされた訃報《ふほう》に思わず言葉を失った。一般的な父と娘というような関係性があったわけではなかった。だが優しい言葉と皇后になるために尽力してくれていたのは誰よりも知っている。

じわじわと大きな喪失感《そうしつ》が私の中でゆっくりと——だが確実に広がっていくのが分かった。気付いた時には私の頬を涙が伝っていた。

そんな私の異変に気付いた耀世《ヨウセイ》様が「どういうことだ」と少し慌てた口調で依依《イーイー》に問いただした。

「私も詳しくは分かりかねますが、どうやら昨夜遅く何者かに殺されたようです。犯人が捕まっていないこともあり、城内ではまだ緘口令《かんこうれい》が敷かれている状態のようです」

「それでこの部屋に押し込まれたわけですね」

呆れたように青闈《セイイ》様はそう呟くと、露台へとゆっくり歩を進める。

「少し探りに行きましょうか。皇后様が少し良い着物を着れば城主の養女——蓮香様と分かり、どこへでも通してもらえるでしょう」

青闈《セイイ》様の提案に、依依《イーイー》は無言で頷き荷物から私の着物を取り出した。

「しかし州城で起きた事件なのに犯人が捕まっていない、というのは不思議だな」

依依《イーイー》に手を引かれ、衝立《ついたて》の陰で着替えていると耀世《ヨウセイ》様がそう呟いた。

先帝の弟である人物が治める城だ。都の皇城とまではいかないが、厳重な警備体制が敷かれていても不思議ではない。

「刺客などの外部からの犯行ではなく、内部の人間によるものでしょうね」

青闇《セイイ》様は当然だと言わんばかりの口調でそう断言した。

「現場は密室だったようです」

依依《イーイー》は私の帯を締めながら、そう淡々と報告をし始めた。

「昨夜、塩の商人に会うと言って部屋にこもられ、次の朝——今朝ですね。侍女が部屋を訪れたところ既に亡くなられていたようです」

青闇《セイイ》様は何かを考えるように、露台の手すりを規則正しく指で叩いた。

「何故、塩の商人がいるのですか？」

「確かに……」

塩は国の専売制となるため、その販売を担当するのは官吏だ。勿論商店などに並ぶこともあるが、それでも塩だけを扱う商人は存在しない。

「それが今回の事件を面倒なことにしている原因でもあるようです」

依依《イーイー》は私の着物を整えると、そう言って私の手を引いて衝立の外に連れ出してくれた。

「実は城主様は長年にわたり、塩の密売人とつながっていた可能性があるようでございます」

「依依《イーイー》、あの短時間によく調べたわね」

彼女が私達の前から姿を消したのは半刻ほどだった。まるで城の住民のような情報量に思わず舌を巻くと、依依《イーイー》は少し自慢げに小さく笑った。

「情報収集は基本ですからね。後宮で鍛えられています」

後宮と州城では、その性質が大きく異なるが、人が多く集まっているということには変わらない。噂が流れる場所は基本的に同じなのかもしれない。

「それで大々的な捜査ができないわけだな」

呆れたようにため息をついた耀世《ヨウセイ》様の肩を押しやるように、すたすたとした足音が私へ近づいてきた。

「あぁ……やはり似合う。私が贈った着物ですね」

青闈《セイイ》様はそう言うと、何かを観察するように私の周りをグルグルと回った。そう言われて初めて、我が国ではあまり使われない布が使われていることに気付かされた。そんな基本的なことにも気づけない程、義父が亡くなったことに、私は衝撃を受けていたようだ。

青闈《セイイ》様が大きく感嘆の声を漏らした途端、「失礼」と耀世《ヨウセイ》様が青闈《セイイ》様からの視線を防ぐように立ちふさがってくれた。

「素敵な着物をありがとうございます。蓮香は何を着ても似合うな」

あまりにも真っ直ぐな耀世《ヨウセイ》様の褒め言葉に思わず赤面してしまう。それを隠すように私はゆっくりと着物を触りその触感を確認した。

「この肌触り……確か『泥染め』という技術でございますよね」

微かな記憶を頼りに尋ねると、青闌《セイイ》様は深く頷かれた。

「よくご存知ですね。我が国でも南方の離島でのみ伝えられている染色法です。泥田で生糸を染めることで、光沢のある渋い黒色に染まります」

おそらく何枚か持ってきた荷物の中で一番、城主が亡くなったというこの場にふさわしい色だったのだろう。依依《イーイー》の選択に感謝しながら、私は耀世《ヨウセイ》様に手を引かれるようにして部屋を後にすることにした。


「こちらが城主様の遺体が発見されたという部屋のようです」

そう言って城の外れにある小部屋へ案内してくれたのは、依依《イーイー》が見つけてきた侍女だった。

部屋に入った瞬間、微かな血の匂いを打ち消すように香る、濃厚な潮の匂いに包まれ海が近いのだということを改めて知ることとなった。それと同時にさらりと触れた部屋の扉に装飾品などがついていないことから、決してここが華やかな場所ではないことが伝わってきた。

「賓客を出迎えるための部屋――というわけではないな」

耀世《ヨウセイ》様は、部屋に足を踏み入れると苦々しそうにそう呟いた。

「しかし、これだけ人目に付かない場所ならば誰でも殺せそうですね」

青闈《セイイ》様の言葉を聞き、耀世《ヨウセイ》様が部屋の奥にある露台にまで歩を進める。

「かなり高いな……。下は崖《がけ》で周囲にも何も無いから、犯人が露台から侵入するのは難しいだろう」

「となると犯人が出入りできたのは、私達が入ってきた扉だけということになりますね」

装飾品がついていない簡素な扉は分厚い木で作られているようだ。触ると所々に明らかにへこんでいる感触が伝わってくる。私は頭に浮かんだ一つの可能性をゆっくりと口にする。

「もしかして、この扉、外から開かないようになっていたのかしら」

「そこまでは……」

そう言いよどんだ依依《イーイー》の言葉を「そうですよ！」と場違いな程、明るい声が遮った。

「よく分かりましたね。扉が動かないように、部屋の内側から扉を固定するかたちで棒が仕掛けられていたんです」

「そなたは？」

その声の主から私を守るように耀世《ヨウセイ》様が一歩前に踏み出し尋ねた。

「あ、失礼いたしました。城主の三男の磊《レイ》です」

父親が亡くなったとは思えないほど何事もなかったかのように振舞う彼に違和感を覚えたが、やや演技がかった口調は逆に彼の悲しみを物語っているような気にさせられた。

「こ、これは失礼した」

意外な人物の登場に耀世《ヨウセイ》様は慌てて謝罪の言葉を口にした。

「蓮香様とお会いするのはこれで二回目なんですけど、覚えてないですよね」

続けて口にされた自己紹介に思わず耳を疑う。確かに皇后に即位する前、私はこの城を訪れて養女となるための式典を行った。そして城主には三人の息子と二人の娘がいるという事実も知っていた。だが、個人的に言葉を交わしていないこともあり、私の記憶をいくら探しても磊《レイ》様らしき人物について思い出すことはできなかった。

「式典の時は末席に座っていただけですから、仕方ないと思います」

私の気まずさを察してくれたのか、磊《レイ》様はハハッと快活な笑い声をあげた。

「で、さっきの話に戻りますけど、父が亡くなった時、この部屋の扉は棒をどかさないと動かないようになっていたんですよ。だから扉を押し破って部屋に入らなきゃ駄目で、本当に大変だったんです」

先ほど触れた扉から伝わってきた損傷の理由が分かり、なるほどと頷く。

「で、ここに父が倒れていました」

磊《レイ》様はそう言うと私の手を取って部屋の中央へつかつかと歩を進めた。磊《レイ》様が最初に私の手を導いたのは机だった。

「ここに突っ伏すようにして倒れていました。周囲には塩が散乱していたので……、死ぬ直前まで塩の勘定をしていたんだと思いますよ」

「塩……ですか？」

部屋の中に漂う潮の香りは、窓から入り込んだ潮風だけではないことに驚かされた。

確かに机の上を触るとザラリと塩の感触があった。

「遺体を片付ける際にある程度、掃除させたんですけどね」

その声はどこか淡々としていた。

「あんまり悲しんでいなくて、不思議でした？」

私が磊《レイ》様の淡々とした様子を不思議に思っていることに気付いたようで、彼はそうおどけてみせた。

「いえ……、そんなわけではなく」

「いやいや、大丈夫ですよ。母親の身分が低かったので、生まれた当初から神殿に預けられていて、成人してから城に呼び出されましてね。あまり父親っていう実感がないんですよ。多分、蓮香様とそんなに遠くない感覚じゃないかな」

彼の口調が城主の息子にしてはどこか粗野なのは、神殿での暮らしが長いという出自が原因だったのかとようやく納得させられた。

「だが磊《レイ》殿は次期城主と聞いておりますが？」

政治的に重要な州ということもあり、耀世《ヨウセイ》様は磊《レイ》様の立場を私よりよく知っているのだろう。

「なんで三男である俺が次期城主と認められたか知っていますか？」

磊《レイ》様は、そう言うとゆっくりと露台の方へ歩を進めた。

「俺が塩田の大規模開発を行ったからなんです」

「あの塩田をですか？　それは先帝の時代に行われたはずでは……」

驚きの声を上げたのは露台にいた青闈《セイイ》様だった。

「我が州で塩田の開墾が行われたのは確かに先帝時代です。ただ決して効率のよいやり方ではなかった。どちらかというと今まで岩塩の採集の方が割合は多かったんですよ」

今でこそ塩田による塩の製造が有名な済州だが、かつては山から鉱石を取り出すように塩を採集する方法を主としていた。

「でも採掘できる岩塩の量には限りがあるし、危険が伴う。だから俺が大規模開発を行いました」

磊《レイ》様は、普通のこととして語っているが、済州の塩の獲れ高は国内でも群を抜いている。

「今回の天災で大部分が壊れてしまいましたがね……。それがなかったら従来の二倍の生産量は確保できていたはずです」

「それは凄いな」

耀世《ヨウセイ》様も驚きの声を上げた。

「その開発が成功したと分かった途端、父は次期城主として俺を扱うようになりました。でも結局、父は俺自身ではなくて、『金が稼げる俺』が欲しかったんですよね」

「そんなこと――」

そんなことはない、と否定しかけた私の言葉を磊様《レイ》は高らかに笑い飛ばした。

「だって死んで蓋《ふた》を開けてみれば、塩の密売人を城内に出入りさせていたんですよ？　おそらく闇《やみ》で塩を流通させて金を稼いでいたんですよ」

塩に関しては国が専売制をとっているが、必ずしもそれが全てというわけではない。今回のような高騰が起きれば密売人が出現し、闇取引が行われるようになる。それに済州の城主が関わっていたとなれば大問題だ。

「遺体も頭部を後ろから殴《なぐ》られていました。おそらく顔見知りによる犯行でしょうね。そんな身近な人間から『殺したい』と思われる程、あの人は恨みまで買っていたんですよ」

私が触っている机は露台に背を向けて座るように設置されている。もし犯人が初めての来客ならば、彼が背中を向けて座っているはずはない。磊様《レイ》の推理はおそらく間違っていないのだろう。

「愛を与えられたわけでもない、尊敬もできない――。そんな父親の死を何故、俺が悲しまなければいけないんです？」

そう言った言葉とは裏腹に磊様《レイ》の声には今にも泣き叫びそうな悲痛な響きがあった。

「ちなみに城主は持病などありましたか？」

そんな磊《レイ》様の独白を無視するように、淡々と質問を投げかけたのは青闇《セイイ》様だった。

「持病？」

予想もしていない質問だったのだろう。磊《レイ》様は素っ頓狂な声を上げた。

「薬銚《やくちょう》が扉の側の棚の中にあったので」

青闇《セイイ》様がカタリと陶器か何かを持ち上げる音がした。

「火鉢《ひばち》には灰が残っているのに、薬銚《やくちょう》には薬がなかったので、飲まれてから亡くなられたのかな……と」

声を頼りに青闇《セイイ》様の元へ行き、その手元の匂いを嗅いでみる。

「薬が煎じられていたような匂いはしませんね――」

ゆっくりと指を這わせながら、その形を確認しようとすると、青闇《セイイ》様は私の手を取って、その形状が分かるように導いてくれた。

「長い間、薬を煎じるという本来の使われ方はしていなかったように思います」

茶葉と湯を入れてお茶を淹れる茶壺《チャフー》と形状は似ているが、薬銚《やくちょう》の使い方はそれとは大きく異なり、直接火にかけるのだ。薬銚《やくちょう》の中に薬や水を入れて、火鉢にかけて熱することで薬を煎じる。

そのため何度か使えば、器に薬の匂いが染み込む。もし数日以内に使ったとしたならば、はっきりと匂いは残っているだろう。だが私の手元にある薬銚《やくちょう》からは薬の独特の匂いはせず塩の香りだけが立ち込めていた。

「父が薬を常用していたという話は聞いていません」

磊《レイ》様はハッキリと否定する。

「おかしいですね……。何に使ったんでしょう」

そう青闇《セイイ》様が言うと磊《レイ》様は何かに気づいたようにパタパタと私達の方へ駆け寄り、足元へしゃがみこんだ。

「あぁ！　ちゃんと掃除しておけって言ったのに。塩がこんなところにも……」

どうやら床に落ちていた塩をつまんで私達へ見せているのだろう。

「部屋中に塩がばらまかれていたのですか？」

そこに塩があるのが当たり前という、磊《レイ》様の口調が不思議になり尋ねると、膝をついたまま磊《レイ》様は「はい」と頷いた。

「部屋中に塩がばらまかれていましたので、掃除が大変だったんですよ」

「なるほど……」

再び青闇《セイイ》様は何かを考えるように、コツコツと棚を指で叩くと「あっ」と小さく声を上げた。

「あそこですかね」

そう言うと、青闇《セイイ》様が棚にトンっと足をかける音がした。まるで梯子《はしご》であるかのように駆け上がる。

「棚の上に登るなんて危ないですよ！」

悲鳴に似た依依《イーイー》の制止も気にすることなく、青闇《セイイ》様は何かをゴソゴソさせると「あった」と小さく呟いた。

今度は棚から勢いよく飛び降りると、私の手に一本の紐を握らせた。紐というよりも布を切り裂いたような即席のものだった。

「梁《はり》の上に引っかかっていました」

耀世《ヨウセイ》様は私の手から紐を取り上げると「よく見つけましたね」と感心して見せた。

「おそらくこの部屋が密室になった仕組みはこうでしょう。まず薬銚《やくちょう》に水を入れて火鉢にかけます。少しすると蒸気が立ち込めてくるので、梁から布につつんだ塩を吊るし、蒸気を当てます」

「塩を……ですか？」

訝し気な耀世《ヨウセイ》様の言葉に臆した様子もなく青闇《セイイ》様は「はい」と頷いた。

「塩に蒸気を当てると重さが増します。おそらく梁の上に紐を垂らし、一方に扉を閉めるための棒を動かす重し、一方にそれと同等の重さの塩を吊るしたのでしょう」

「塩の重量が増した時、棒が勝手に動き錠をかけられた状況になった――ということでございますね」

青闇《セイイ》様の推理を補足するように私も言葉を添える。紐が出てきた時点で私も似たようなことを考えていたのだ。おそらく直接棒を紐につないでは実現しないだろうが、いくつか物を介在させれば実現可能な装置だろう。

私は床に膝をついて何か証拠になるものはないかと、手を伸ばすと棚の陰に隠されるように置かれていた棒状の何かが私の指先に触れた。

「これが棒を支えていた重しではないでしょうか」

私が差し出すと青闇《セイイ》様は「おそらく」と言って受け取った。

「木の棒ですが、これが扉を内側から開かないようにしていた棒を支えていたのでしょう」

「時間が来て支えが無くなった棒が、自動的に鍵の役割を果たすようになったのですね」

青闇《セイイ》様の推理を補足する形で私はそう言葉を付け足す。

「その反動で重しとなった塩が散らばったのか」

耀世《ヨウセイ》様の言葉に青闔《セイイ》様は「そうですね」と頷いた。

「ただ入口付近にだけ塩が散らばっていれば、不思議に思われます。だから違和感がないように犯人は部屋に塩をバラまいて行ったのでしょう」

「では犯人は誰なんですか？」

青闔《セイイ》様の推理に磊《レイ》様は飛びつくようにして、そう叫んだ。

「おそらく城主と面会の予定があった塩の密売人でしょう。塩の特性を知る人物だからこそできたに違いありません」

確かに多くの人は塩を調理の時にしか使わず、このような特性があることは知らないだろう。

「確かに塩の密売人が一番怪しいですね」

全てをまとめるように耀世《ヨウセイ》様がそう言うと、幾人かの衛兵が慌てて部屋から飛び出していった。

翌朝、私達は再び事件が起きた部屋で頭を突き合わせていた。

「密売人は『会いに来たが会えなかった』と言っているんです」

昨夜、身柄を拘束した塩の密売人から話を聞くことができたらしく、朝一で磊《レイ》様は私達にそう報告してくれた。

「そう言うだろうな」

耀世《ヨウセイ》様は既に犯人と目星をつけているのだろう。呆れたようにそう呟いた。

「俺もそう思いました。それで密売人の州城への出入りの記録を確認したんです」

州城の城門では、入城者を管理する制度が導入されている。入城する際に、その時刻と名前を衛兵が記入し、退城する際にもその時刻も記録するらしい。現に私達も入城する際に全員分の名前を記入させられた。

「でも密売人は入城して半刻で退城しているんです」

「半刻もあれば、その間に城主を殺すこともできるのではないですか」

耀世《ヨウセイ》様の質問に磊《レイ》様は、その通りだと頷く。

「確かに可能ですが、城内の侍女が密売人が城内にいる時刻に父と誰かが密談しているところを目撃しているんです」

「その時まで生きていらっしゃったのね」

私が確認するようにそう尋ねると磊《レイ》様は、静かに頷いた。

「侍女が嘘をついていないとなると……城主が殺されたのは、その塩の密売人が城を出て行った後となるわけですね」

「内から錠をかけられるとなると、誰でも犯人になりますからね」

事件が再び振り出しに戻ったことを知り、私達は大きくため息をついた。

「青闇《セイイ》様は……」

どう思うか尋ねようと周囲の気配を確認し、彼がこの場にいないことに初めて気付かされた。

「塩田の視察に行っていただいた」

耀世《ヨウセイ》様は少し満足そうにそう呟かれた。

「塩田にですか？」

この期に及んで、あえて塩田に行く意味が分からず首を傾げる。勿論、彼の主目的は塩田の視察だが、この事件のことをそれなりに気にしていると思っていただけに不思議だった。

「事件の度に首を突っ――手を煩《わずら》わせるのは申し訳ないしな」

『突っ込む』と言いかけた言葉を慌てて変えたのは磊《レイ》様が、その場に居たからかもしれない。

「蓮香に対する態度も気に入らん」

付け足すようにそう言ったが、おそらくそちらが本音ではないか、と思わず苦笑してしまう。

「気になりますか？」

「気になるも何も我が国の皇后に意味ありげな視線を送るなど、無礼ではないか」

「意味ありげ……ですか？」

想定外の言葉に思わず首を傾げる。てっきり青闈《セイイ》様が私に対して嫌味を言ったり試すような態度を取っていることに耀世《ヨウセイ》様が憤慨していると思っていたのだ。

「依依《イーイー》……」

青闈《セイイ》様が自分にどのような視線を向けているのか確認する術がないので、何とも言えないこともあり依依《イーイー》に振り返り尋ねると彼女は静かに頷いた。

「最初は薇喩《ビユ》様の降格に対する嫌がらせなのかと思っておりましたが、毎日のように贈り物も持ってこられ……」

「誠か⁉」

耀世《ヨウセイ》様は苛立ったように声を上げた。どうやら寝耳に水だったのだろう。

「細々《こまごま》としたものでございます。例えば、昨夜蓮香様がお召しになれていた着物に合う髪飾りを今朝方届けてくださいました」

「な……なんだと」

耀世《ヨウセイ》様は怒りで言葉を失ったのか、小刻みに震えながら息をのんでいた。

「あいつが犯人だ」

「そ、それは……」

突然断定されて私は、慌てて否定する。

「一緒に済州に来たではございませんか」

入城した時点で城主は亡くなっていたのだ。それこそ呪いなどを使わなければ青闈《セイイ》様が城主を殺すことはできない。

「ただ気になることがあります」

私はそう言って一本の紐を取り出した。

「それは梁に残っていたという紐だな」

耀世《ヨウセイ》様は私の手元を覗《のぞ》き込むように体を屈《かが》めた。

「この紐――、泥染めで作られた布が使われているんです」

「倭国の離島でしか作られていない布ですか？」

依依《イーイー》は驚いたように声を上げる。

「青闈《セイイ》様は犯行を行うことはできませんが、事件の証拠を捏造《ねつぞう》された可能性は高いとみております」

私はそう言いながら棚の上に指を這わす。何か手がかりがないか探すことにしたのだ。

「何故、そのようなことを」

「この部屋が密室であることが証明できたならば、犯人は城にいた誰かということになります」

静かに唸る耀世《ヨウセイ》様を横に私はさらに膝をつき、あたりを探す。

「ですが青闈《セイイ》様は『塩の密売人が犯人だ』と推理され、現に密売人が捕まっています」

おそらく、こうして私達が捜査しなければ塩の密売人は犯人として処罰されるだろう。

「その時、一番困るのは誰でしょう」

「私ですね」

諦めたように、そう呟いたのは磊《レイ》様だった。

「その通りです。城主が塩の密売に手を染めていたと分かれば、下手をすると改易《かいえき》されても不思議ではありません」

一般人が塩の密売を行えば死罪が言い渡されることもある。城主という立場を利用して大規模な密売を行っていたとなれば、改易が行われる可能性は高いだろう。

「そして改易がなされ、困る人間に私も含まれております」

耀世《ヨウセイ》様は私が言いたいことを理解したのかハッと息をのんだ。

「私の皇后の地位の後ろ盾となってくださったのが、城主様です。その後ろ盾を失えば後宮での立場は弱くなるでしょう」

下手をすれば皇后の地位を降格させられる可能性すらある。

だから必死で探しているわけではなかったが、事件の真相にたどり着く必要は少なからずありそうだ。その瞬間、一本の紐が私の指に触れた。棚の裏側に挟まるようにしてぶら下がっていたのだ。

「ありました！　これが事件の際に実際に使われた紐だと思います」

「普通の紐みたいですけど？」

磊《レイ》様は訝し気に私から紐を受け取った。どうやら彼にとっては先ほどの紐も今回の紐もさほど変わらない物に見えるのだろう。

「この紐は組み紐でございます」

複数本の糸を組みながら編んでいく紐だ。使われる糸の材質などによって、出来上がりが大きく異なってくる。

「我が国では生糸などを使うことが多いのですが、これは羊毛が使われています」

「珍しいな」

磊《レイ》様から紐を受け取った耀世《ヨウセイ》様は、そう小さく呟いた。おそらく羊毛に慣れ親しんでいる耀世《ヨウセイ》様にとっても珍しい紐なのだろう。

「はい。これは遊牧民との交易が盛んな東方・燕州《えんしゅう》で主に使われている紐なんです。こちらの城内に燕州出身の方はいらっしゃらないでしょうか」

燕州は済州からさらに東方へひと月ほど進んだ先にある。

そのため、羊毛を使った組紐は一般的には燕州の外へ流通することはほぼない。

「全員を把握しているわけではないですけど……、確か父の側近の一鳴《イーミン》が燕州の訛《なま》りがいつまでたっても抜けていなかった気がします」

「その者を呼んでいただけないでしょうか」

私の言葉に磊《レイ》様は無言で頷き、部屋から足早に立ち去った。

半刻もせず私の前に現れた一鳴《イーミン》さんは、「ひひっ」と下卑《げび》た笑いを浮かべながら跪礼した。

「お初にお目にかかります。城主の側近を務めておりました李一鳴《リイーミン》でございます」

「今回の事件についていくつか聞きたいことがあってな」

磊《レイ》様は城主が座っていた椅子に座ると厳かにそう口火を切った。

「父が亡くなった夜、そなたはこの部屋にいたのか？」

「いいえ、殿下は人払いをされており私を含め誰もこの部屋には足を踏み入れておりませぬ。今、足を踏み入れたのも久々でございます」

必死な様子でそう言い逃れをする一鳴《イーミン》さんだったが、その口調は微かな焦りが感じられた。もしかしたら彼は嘘をついているのかもしれない。

「ではこれは、そなたの紐ではないのか？」

磊《レイ》様はそう言うと、私が棚の裏から見つけた組紐を机の上に置いた。一鳴《イーミン》さんの喉からゴクリと唾を飲む微かな音が耳に届いた。

「こ、こちらの部屋を掃除する時に落としたのかもしれません」

「先ほど、部屋には足を踏み入れていないと言ったばかりではないか」

磊《レイ》様の指摘に一鳴《イーミン》さんは、薄ら笑いを浮かべた。

「気が動転しており、すっかり忘れておりました」

そんな怪しすぎる弁明と共に私の鼻に、ある匂いが届いた。全てが一つに繋がったような感覚を覚えながら私はゆっくりと口を開く。

「怪我《けが》でもされていますか？」

「怪我？　特には……」

私の質問の意図を図りかねたのだろう。一鳴《イーミン》さんは不思議そうに首を傾げた。

「ではその血の匂いはどうされたのでございますか？」

「は、はぁ⁉」

一鳴《イーミン》さんの叫びに似た声を無視して、彼との距離を縮めその体から立ち込める匂いを吸い込み確信を得る。

「あなたが城主様を殺害されたのですね」

「ご冗談も休み休みにしてください！　血は——そうだ。城主様のご遺体を運ぶ手伝いをした時についたのでしょう！」

怒りをにじませ、焦りを隠すようにそう言い放った彼の言葉に私は首を横に振る。

「死後、一定の期間が過ぎると出血はほとんどなくなります」

血を送り出す役割を果たす心の臓が動かなくなるからだ。

「この部屋は朝になるまで密室だった」

耀世《ヨウセイ》様の助言に背中を押されるように私はゆっくりと口を開いた。

「おそらく死体を運び出す時には、血などほとんど出ていなかったでしょう。着物などについても髪にはつくことはないはずです」

私の言葉に一鳴《イーミン》さんは、サッと自分の髪を触る音が聞こえた。

「ですが人を死に至らしめるほど強く殴打したならば、全身に血を浴びても不思議ではございません。現に部屋からも血の匂いがします」

「おっしゃる通りです。拭き取らせましたが、この机を中心に部屋には血が飛び散っていました」

磊《レイ》様はそう言って、机を軽くたたいた。

「側近である一鳴《イーミン》さんは、おそらく城主が亡くなられた直後から雑務に追われ、髪についた血を洗い流す時間がとれなかったのでしょう」

済州は決して大きな領地ではない。おそらく城主がその政《まつりごと》の大半を担っていたに違いない。彼が亡くなり、新しい城主が立っていない以上、その側近に仕事が多く回ってくるのは必然ともいえるだろう。

「だから髪にだけ血の匂いが残っているのではありませんか？」

「私が――城主様に目をかけていただいていた私が何故、殺さなければいけないのですか？　動機がございません」

震えた声で反論する一鳴《イーミン》さんの言葉は、犯人のそれだったが、言っていることは筋が通っていた。

「横領」

突然、部屋の入口から投げかけられた青闉《セイイ》様の声に、部屋にいた全員がそちらへ振り向く音が聞こえてきた。

「塩田の視察をしつつ帳簿を拝見しましたが……」

大したことはしていないという様子で、青闉《セイイ》様は部屋へと入ってくる。この状況で彼があえて塩田の視察に行った理由が分かり、舌を巻くことになった。

「かなり昔から塩の生産量が実際の数量よりも少なく報告されているのが分かりました。それに加えて問題なのがこちらです」

そう言って磊《レイ》様の座る机の上に一冊の帳簿をゆっくりと置いた。

「いわゆる裏帳簿というやつですね」

「そ、それをどこで！」

明らかに焦った様子で一鳴《イーミン》さんは叫ぶが、青闉《セイイ》様は気にした様子もなく小さく笑った。

「拘束されている密売人に会いに行ったところ教えてくれましたよ。側近のあなたが普通の帳簿とは別に帳簿をつけているとね」

淡々と指摘する青闡《セイイ》様の言葉に一鳴《イーミン》さんが小さく震える音が聞こえてきた。

「そこで一鳴《イーミン》さんの執務室を探ったところ、この帳簿が出てきたんです。中を見てみると塩の値段を意図的に例年よりも吊り上げて販売している形跡がありました。これが城主に発覚して殺害したのでは？」

「そ、それは城主様の指示でございました！」

何かにすがりつくように一鳴《イーミン》さんは突然叫んだ。

「皇后陛下の養父になるということで、我が州は財政難に陥りました。それを補填《ほてん》するために城主様は例年よりも塩の値段を吊り上げて収入を得ていたのでございます」

皇后の養父は単に身分を保証すればいいわけではない。式典の際に必要となる着物を用意したり――と莫大な費用が必要となる。今回の事件の発端に自分の養女の件が関係していたことを知り悔しさがこみあげてくる。思わず下唇を噛みしめてしまった。

「城主様を愚弄《ぐろう》するな！」

青闡《セイイ》様の登場の時と同じように突然、部屋の入口から投げかけられた声に、部屋にいた全員の顔がそちらへ向けられる気配がした。

「そなたは塩の密売人……」

何故ここにいるんだと言わんばかりの磊《レイ》様の指摘に、その声の主は慌ててその場に跪いた。

「私の独断で連れてきたんです」

そういって手を上げたのは青闈《セイイ》様だった。

「城主の名誉にかけて、どうしても伝えたいことがあるって言われてね。私が呼ぶまで出てくるなと言ったのに……」

「城主様の名誉にかけてこれだけはお伝えしたく！」

あまりにも悲痛な声の響きに、思わず耀世《ヨウセイ》様の着物の裾を掴んでしまう。

「話だけならば聞いてもよいのではないですか？」

私の合図に気付いたのか耀世《ヨウセイ》様は、穏やかな口調でそう提案した。

「そうですね。話してみよ」

驚きを隠せないと言った様子で磊《レイ》様が話すことを許すと「ありがとうございます」という叫び声が部屋に響いた。

「城主様は確かに、塩田で実際に採れる塩の量を少なく記録し、自ら保有されていました」

「やはり……」と苦しそうに呟いた磊《レイ》様に気付いていないのか、密売人は言葉を続けた。

「ですが、それは私利私欲を満たすためではございません。全て民のためでございました！」

「民の？」

訝し気な磊《レイ》様の問いに、密売人は床に額をこすりつけるようにして頷いた。

「塩の価格が高騰し平民が塩を買うことができなくなることを防ぐために城主様は自らが保有している塩を密売することで平民の生活を守っていらっしゃいました」

「それは国もしているではないか」

不服そうな耀世《ヨウセイ》様の口調に商人は首を横に振って否定する。

「確かに国も塩の販売量を調整していますが、それは主に都に住むことができる一定の生活基水準に達している平民に対してだけです。地方の貧民のことまで考えられているでしょうか」

塩の凶作の一番のあおりを受けるのは、都の住民ではないのは確かだ。耳に痛い言葉を聞きながら、自分の胸がざわつくのを感じた。

「それで密売なのか」

なるほど、と頷いた耀世《ヨウセイ》様に密売人は「はい」と勢いよく返事をした。

「城主様は常に『私の代わりに塩を売ってくれ』と仰っていました。そのため利益が出すぎることを嫌われ、販売価格も細かく確認されていました」

「そんなことが……」

唖然と呟く磊《レイ》様に畳みかけるように「戯言《ざれごと》です」と叫んだのは側近の一鳴《イーミン》さんだった。

「そのような犯罪者の言葉になど耳を貸すべきではございません。では蓮香様の皇后即位に使われた資金はどのように準備したと申すか」

財源の出どころは確かに不明だと納得しかけた私の浅はかさを笑うように、密売人は声を上げて笑った。

「何も分かっていない！　城主様へ商人達がどれほど感謝しているかご存知ないのか」

「どういうことだ」

訝し気に尋ねた磊《レイ》様に商人は「よく聞いてくれた」と言わんばかりの勢いで振り返った。

「城主様は皇后様の養父となることを悩んでおられました。それが済州の財政を圧迫することになるからです」

「だから渋っていたのか……」

そう言って感心して見せた耀世《ヨウセイ》様の横で私も「なるほど」と頷いてしまった。単に貴族や周辺の領主に対する配慮で、引き受けてもらえないのだとばかり思っていただけに驚かされた。

「そんな城主様の背中を押したのが城下の豪商達でした。日頃の城主様の施政《しせい》に感謝した彼らは競うように多額の寄付を致しました」

自分の罪をではなく城主の潔白を証明せんと必死で弁明する彼の姿に、思わず目頭が熱くなるのを感じた。

「それに済州の財政は決して厳しくなかったはずです！」

「お前こそ州の何が分かる！　知ったような口をききおって」

密売人の言葉を一刀両断にしたのは、一鳴《イーミン》さんだった。その声には明らかな苛立ちが混ざっていた。

どちらかが嘘をついているのは明らかだ。どちらの言葉が正しいか判断しかねていると青闇《セイイ》様は「こちらもご覧ください」と机の上に置かれた帳簿を開いた。

「側近が証言するように密売人が持っていた帳簿にはこの一年、例年より高値で販売されている記録が残っていました」

「それは……」

青闇《セイイ》様の指摘に言いよどんだのは商人ではなく、床で跪いていた側近の一鳴《イーミン》さんだった。

「おそらくこの件で、城主は密売人を呼び出されたのでしょう。だから密売人は帳簿も持ってきていました。それとは別に塩田で使用されていた帳簿も拝借してきました」

青闇《セイイ》様はそう言うと、別の帳簿をゆっくりと机の上に置いた。

「塩田で使用されていた帳簿では例年と変わらない収益が記録されていました」

「これが一鳴《イーミン》の横領の動かぬ証拠だな」

磊《レイ》様は大きくため息をつくとそう断言した。

「父上にそのことを責められ殺害に及んだのか」

これまでとは違い腹の底から響くような低い声が部屋の中に響いた。初めて磊《レイ》様が見せる憎悪の感情に触れ、思わず背筋に冷たいものが走るのを感じた。

「さ……さようでございます」

磊《レイ》様の気迫に押されるように一鳴《イーミン》さんは、そう短く呟いた。

◇◇◇

その日の晩、酒を勧められながら露台から吹き抜ける潮風を頬に受けていた。事件が全て解決したこともあり、私達が済州へ来た歓迎の意を込めて宴を開こうという磊《レイ》様の提案を「城主様が亡くなられたばかりだから」と断った結果だった。

「一鳴《イーミン》は賭博《とばく》で借金を作っていたようですね」

磊《レイ》様は片手で酒を杯に注ぐと、吐き捨てるようにそう言った。

「その借金を返すために横領に手をだしたのですか？」

私の質問に磊《レイ》様は呆れたように頷いた。

「塩の密売を担当していたあの側近は、父上には『通常価格で販売しています』と報告しつつ、実際には密売人に例年の数倍の値で卸していたようです」

「密売人は利益を生まなければいけないため、卸値に例年と変わらない利益を上乗せして売っていた。結果として例年よりも高値で売ることになってしまったんですね」

帳簿をめくりながら青闈《セイイ》様は、そう呟いた。

「例年より高値で取引されていることに気付き、父は直ぐに商人を呼び出したようです」

「それが殺害当日の面会だったわけですね」

磊《レイ》様は「そうです」と頷くと、杯に注がれた酒を一気に飲んだ。これから話す言葉は口にするのも辛いのだろう。

「それを知った側近が、自分の横領が発覚するのを恐れて、商人を勝手に追い返し父を殺害した——というのが事件の全貌のようです」

磊《レイ》様は一息にそう語ると、ゆっくりと長椅子から立ちあがり、露台へと向かった。

「俺は父について知っている気でいましたが……、何も分かっていなかったようです」

確かに彼は今回の事件を通して初めて父の偉業とその意図を知ることになったのだ。皮肉な話だが——。

「お父上は亡くなられたが、それを次期城主である磊《レイ》殿に、伝えることができて本望だったのではないか」

耀世《ヨウセイ》様は、優しい口調で慰めの言葉を口にした。彼も磊《レイ》様同様、自分の父親に対して複雑な感情を抱いているのかもしれない。

「私は父のような城主になれるでしょうか——」

彼の眼下には災害により壊滅的な被害を受けた塩田が広がっているのだろう。それは彼の城主としての未来を暗示しているかのようでもあった。

「何故、三男のあなたを次期城主に指名されたか知っていますか」

おもむろにそう切り出したのは青闇《セイイ》様だった。長椅子でゆっくりと足を組み直し、気だるそうに問いかけた彼にとって、その答えは明白なのかもしれない。

「対外的には塩田の大規模開発――というのが磊《レイ》殿の最大の強みです。ですが城主が評価されたのは、そこではなく民家の下水に関する事業に携われていた点だと聞きましたよ」

「何故それを……」

磊《レイ》様は驚いたように小さく呟いた。

「塩田の視察に行った際に、地元の住民から嫌というほど聞かされました。いかに磊《レイ》殿が民想いの方かとね。あまりにも皆が口を揃えて言うので、事前に仕込まれていたのかと思ったほどです」

青闇《セイイ》様は短く笑うと姿勢を正して、長椅子に座り直した。

「天災にみまわれた領民が領主に対して不平を言わない――それがどれだけ凄い事かご存知ですか？」

それは倭国では皇太子という身分の青闇《セイイ》様だからこそ出てくる重い言葉のような気がした。

「父上……」

その言葉に許しを得たように、磊《レイ》様はその場にうずくまりながら嗚咽《おえつ》の声を上げた。

◇◇◇

月が海へと沈もうとしている頃、私は露台に立つ青闈《セイイ》様にその言葉を投げかけた。

「お時間をいただき、ありがとうございます」

「怖い夢でも見ましたか？」

私の来訪を知っていながらも、あえてそう言った彼の飄々《ひょうひょう》とした態度に私は思わず身を固くしてしまう。本来ならば耀世《ヨウセイ》様と三人で会うべきだったが、彼の本心を知りたかったのだ。

「それでお話とは？」

露台から私のいる方へゆっくりと戻りながら青闈《セイイ》様はそう尋ねた。

「これです」

私は懐から昼間、回収していた紐を取り出す。

「あぁ、犯人が密室を作るために使った紐ですね」

それが明らかな嘘だということは分かっていたが、不思議と彼の言葉から嘘の響きは感じられなかった。自分の中にある自信が少し揺らぐのを感じ、思わず紐を握りしめながら私は口を開いた。

「これは青闇様《セイィ》が用意された紐ですよね」

「私が見つけましたが――」

話をはぐらかそうとする彼の言葉を私は首を横に振って「違う」と否定する。

「これは倭国でしか作られない泥染めされた着物の端切れです」

「見えていないのに、そんなことも分かるとは」

心から感心したと言わんばかりの口調に思わず、毒気を抜かれかけたが気持ちを引き締めるために慌てて紐を彼へと押しつけた。

「証拠を偽装されましたね。何故、そのようなことを……」

「犯人なんて誰でも良かったんですよ」

初めて彼が見せた悪意に思わず言葉を失う。

「城主が殺された場合、犯人が有耶無耶《うやむや》になることは多いんですよ。この国に限らず我が国でもね。特に事件の裏に塩の密売なんて、不名誉な事実があればあるほど、犯人が誰かなんて誰も興味を持たないでしょう」

確かに今回の事件で注目されるのは犯人よりも、済州で塩の密売が行われたことに違いないだろう。

「だから分かりやすい形で犯人を作っただけですよ」

「ですが、危うく塩の商人が無実の罪で裁かれるところでございました」

おそらく私が、その後実際に使われた紐を見つけなければ、塩の密売人が犯人として扱われてたに違いない。

「皇后様は……、私の目的が何か全く分かっていないんですね」

青闈《セイイ》様は楽しそうにひとしきり笑うと、「私はね」と静かに切り出した。

「犯人なんてどうでもいいんです。私は済州の城主が密売に手を出していたことを公にしたかっただけなんですよ」

思ってもみなかった彼の目的に思わず「え？」と聞き返してしまった。

「その結果、あなたの後ろ盾の力を削ぎたかった」

「皇后の地位から引きずり下ろすためですか？」

確かに今回の事件で私の皇后としての立場は非常に脆弱《ぜいじゃく》なものになったことを否むことはできない。

「その通り」

「薇喩《ビユ》様のためですか？」

彼から向けられる純粋な悪意に不快感を隠すことはできなかったが、沈黙し続ける勇気もなく私は絞り出すようにそう尋ねた。

「いいえ、私は薇喩《ビユ》だけではなく、あなたも倭国に連れて帰りたいと思っているだけなんですよ」

とんでもない思惑に私は反論する言葉を失ってしまった。

「薇喩《ビユ》から『皇后の蓮香は連れて帰るのは難しい』と言われましてね。でも逆の発想に立てば『皇后でないならば可能性がある』ということだと気付きました」

青闇《セイイ》様はそう言うと、私の髪にそっと手を触れた。彼はそのまま頭から私の肩へとゆっくりと手を下ろす。振り払いたかったが、恐怖で体が金縛《かなしば》りにあったように動かすことができなかった。

「ずっと探していたんです」

それは切実な一言だったが、耀世《ヨウセイ》様の時とは異なり決して受け入れたいと思えるような響きではなかった。新たに生まれた恐怖に突き動かされるように、私は彼から一歩距離を取る。

「失礼いたします」

ここにいてはいけない――そう告げる私の本能に従い、踵を返して青闇《セイイ》様の部屋から逃げ出した。

# 第五章　胡蝶《こちょう》の夢

「国一番の占い師を抱える――っていうのは、今更古いと思うんですよ」

林杏《リンシン》は自慢げにそういうと、「入ってください」と入口へ声を投げかける。その声を合図に数人の聞きなれない足音が部屋の中に入り、私の目の前に跪いた。

「意味が分からないんだけど」

私は額を押さえながら不機嫌そうに林杏《リンシン》に、その言葉の真意を問いただす。その日の昼過ぎに林杏《リンシン》から「話がある」といわれたので皇后用の謁見の間に行ったところ、この見知らぬ女性たちを紹介されたのだ。

「上級妃の皆様は専属の占い師を抱えています」

「それで私にも占い師を雇えってこと？」

悪びれた様子もなく林杏《リンシン》は「はい」と頷いた。

「こちらの方は西国の占い師で、水晶を使って未来のことを見通すんです」

林杏《リンシン》は占い師の側に立ち、そう説明を始めた。どうやら一人一人説明していくつもりらしい。

青闔《セイイ》様から「倭国に来て欲しい」という、とんでもない提案をされ痛めていた頭がこの問題でさらに痛くなるのを感じた。

「こちらの占い師も西国の占い師なんですけど、不思議な絵が描かれた札を使って占うようなんです」

「絵札ね……」

確かに我が国では珍しい占い方法だ。後宮だけではなく市井でも『占い』は人気だが、西国でも占いを心の拠《よ》り所とする人々がいることに驚かされた。

「もー、そんな興味なさそうな顔しないでください。皇后様になって蓮香様、我がままになったんじゃないですか？」

私が全く興味を示さないことに痺《しび》れを切らしたのか林杏《リンシン》は、小さく呟いた。

「我がまま、って――」

「でも次の占い師は、すごいですよ。死者の魂を呼び寄せ、自分の体に憑依《ひょうい》させて死者の声を伝えてくれるんです」

反論しようとした私の言葉に被せるように林杏《リンシン》は、中央に座る占い師を紹介した。

「ほら、蓮香様、お亡くなりになられた城主様とお話ししたくありませんか？」

養父が亡くなった事件のことを林杏《リンシン》が気遣ってくれていたことに気付かされ思わず笑みがこぼれる。

「そうね……、できるなら聞かせてもらえる？」

占い師が本当に死者を呼び出せるかは疑問だったが、林杏《リンシン》の優しさを受け取っておこうと思ったのだ。

「承知した」

占い師は厳かにそう言うと、何か呪文のような聞きなれない言葉を口にし始めた。どうやら交霊を始めているのだろう。

だが少しすると「はて……」と困ったように首を傾げた。

「皇后様のお父上はご健在だが……」

「え……」

『父』なる人物の演技をし、適当な慰めの言葉をかけられると思っていただけに占い師の言葉に思わず耳を疑う。

「えー、この前亡くなられたばっかりなのよ！　なによ、如何様《いかさま》じゃないの⁉　せっかく十五年前に亡くなった恋愛小説家の霊を呼び出して、未完の小説の結末を聞こうと思ったのに」

林杏《リンシン》が隠していた本音が、ようやく分かり思わず苦笑してしまう。彼女が私のために必死で仕事をしたことは、これまで一度もなかったこともようやく思い出された。

「自分が交霊したかっただけなんですね……」

呆れたように依依《イーイー》がため息をつくと、林杏《リンシン》は地団駄を踏んだ。

「そ、それもあるけど、佩芳《ベイファン》様が皇后様にも占い師が必要だって言うから……」

青闇《セイイ》様が連れてきた占い師の存在を思い出し、なるほど、と頷く。後宮に占い師が増えたのは彼の助言によるものなのだろう。

「小娘、儂《わし》の交霊は如何様などではない」

憮然とした様子で占い師は短く反論する。声の調子からすると、かなり高齢の女性であるに違いない。

「その者の親族――特に親などが亡くなると、必ずと言っていい程その者の側におるものじゃ……。だが皇后陛下の側には、そのような霊がおらぬのじゃ」

その言葉は弁明という雰囲気ではなく、当たり前のことを伝えているという淡々としたものだった。

「母の霊もですか？」

思わず尋ねると、占い師はすぐさまに「そうじゃ」と頷いた。

「皇后陛下が亡くされたと思っているご両親は、生みの親ではないのかもしれませぬ」

「そりゃーそうでしょ。養父なんだから」

「馬鹿か小娘」

林杏《リンシン》の反論を占い師は一刀両断にした。

「儂《わし》が交霊できるのは、その者の側にいる霊だけじゃ、と申しておる。一時的に親子の契《ちぎ》りを結んだような者は呼び出せぬわっ」

「つまり皇后様の生みの親は、この国のどこかで生きているということですか……」

依依《イーイー》は驚いたように小さく呟く。

幼い頃から山間部で育てられており、両親という存在を知らずに育った。村の人間には「赤子の頃に人買いから買った」と教えられており、村に来る前の記憶は定かではない。

「両親が生きているのかもしれないのね」

そう口にして初めて自分がさほど彼らに会ってみたいと思っていなかったことに気付かされた。その愛を欲しがった時期もあったが、今は後宮という家があり耀世《ヨウセイ》様という伴侶すらいる。これ以上求めたら天罰が下るような気もした。

「林杏《リンシン》、皆様に報酬をお渡しして、お帰りいただいて」

「え？　でも、まだ……」

おそらくあと数人、紹介していない占い師がいるのだろう。

「後宮は胡蝶の夢よ。占い師はいらないわ」

私はそう言って、堅牢な造りの皇后の椅子からゆっくりと立ち上がった。

女が一つの場所に押し込められ華やかな生活を送る。立ち上がるのも一苦労な重く豪華な着物に袖を通していると時々、これは現実なのか夢なのか分からなくなるのだった。


「蓮香、何か隠し事をしていないか」

占い師を雇わないと決めた数日後の夜、私の部屋を訪れた耀世《ヨウセイ》様は気遣うようにそう言った。

「何のことでございます？」

「済州から戻ってから、浮かない顔をしている。お義父上のことで落ち込んでいるのかとも思ったが――違いそうだな」

耀世《ヨウセイ》様は女性の機微《きび》には疎《うと》いと思っていただけに意外な言葉をかけられ思わず驚い

てしまった。

済州で青闈《セイイ》様から「倭国に来て欲しい」といわれたことを私は彼に相談していなかった。

青闈《セイイ》様とはいえ皇后である私を倭国へ連れ帰れることはできないだろう。そんな戯言で政務に追われている耀世《ヨウセイ》様を悩ませたくなかったのだ。

「そんな驚いた顔をするな」

耀世《ヨウセイ》様は私の頬にそっと手を添えると、ゆっくりと顔を寄せ私の額に自分の額を押し当てた。

「不思議だ……。瑛庚《エイコウ》から『后妃らの小さな変化に気付いて手を回せ』と言われ、煩わしいと思っていたが……」

後宮の皇帝役であった瑛庚《エイコウ》様は確かにその手の仕事を得意としていた。彼は体調を崩した后妃がいれば見舞いの品を送り、機嫌が悪い后妃がいれば髪飾りを贈っていた。そして后妃らは、それをもって「大切にされている」と認識していたのだ。

耀世《ヨウセイ》様が一人の皇帝となってから、それらはおざなりになっていた。

「蓮香からは全ての憂いを取り払いたいと思うし、手を回して解決するならばどんな手でも使おうとすら思えるんだ」

「ありがとうございます」

耀世《ヨウセイ》様の想いが嬉しくなり、私の頬に添えられた彼の大きな手に自分の手を重ねた。

「でも大丈夫でございます。耀世《ヨウセイ》様がいれば」

それは嘘でも方便でもなかった。

頬から伝わる耀世《ヨウセイ》様の温もりに触れているだけで、様々な悩みが消えるような気がした。

「蓮香」

嬉しそうにそう言って私を抱きしめた耀世《ヨウセイ》様の手は微かに震えていた。皇帝である彼が緊張しているのかと思うと思わず可愛いと思ってしまった。

苦笑を堪《こら》えて耀世《ヨウセイ》様に身体を預けると、私を抱きしめる腕にさらに力がこもるのを感じた。

「れん――」

「蓮香様、大変です！」

耀世《ヨウセイ》様が私を寝台へ押し倒そうとした瞬間、林杏《リンシン》の悲鳴に似た叫び声が部屋に響いた。私は慌てて耀世《ヨウセイ》様との距離を取り、乱れた着物を整える。

「ど、どうしたの？」

「偶人《ぐうじん》が見つかりました」

偶人──その言葉に私だけでなく耀世《ヨウセイ》様にも緊張が走るのを感じた。

偶人とは呪いの道具の一種で、木製の人形だ。呪いたい人間に、当人の名前を書いた偶人を踏ませることで呪いが成立するという。

「偶人には誰の名前が書かれていたの？」

「徳妃様です」

占い師に傾倒していることで有名な徳妃様の存在を思い出し思わず頭を抱える。

「徳妃宮へ続く道に偶人が埋め込まれておりました」

そう答えたのは青闈《セイイ》様が連れてきた占い師──佩芳《ベイファン》さんの声だった。

「佩芳《ベイファン》？」

何故ここにいる──と言わんばかりの耀世《ヨウセイ》様の口調に、床に額を軽く打ち付ける音が聞こえた。どうやら佩芳《ベイファン》さんは改めて跪礼をしたのだろう。

「徳妃様の容態がよくならないと、専属の占い師に相談されて状況を確認に行ったところ、偶人が発見されたので陛下へ報告に参りました」

「徳妃様が熱病を患っていらっしゃっていたのは、呪い──と言いたいんですね」

先日、「徳妃様の体調がなかなか快復しない」と宮医から、報告を受けたばかりだった。

「はい、徳妃様を拝見した瞬間、これは呪いだと分かりました」

「なるほど？」

それは決して納得しているという声ではなかったが、耀世《ヨウセイ》様の相槌《あいづち》に背中を押されたのか佩芳《ベイファン》さんの声は少し高くなった。

「そこで徳妃様がよく通られる道を丹念に調べました所、偶人が出てきたのでございます」

「しかし呪いの道具が見つかったぐらいで何故、報告に来た」

耀世《ヨウセイ》様の指摘はもっともだ。確かに偶人が見付かったことは由々しき事態だが、その呪いで誰かが死んだ——というわけではない。

「実はその偶人を皇后様が仕掛けたのではないか、という噂がございまして……」

言いにくそうにそう言ったのは林杏《リンシン》だった。

「はっ、馬鹿げたことを」

耀世《ヨウセイ》様は吐き捨てるようにそう言うと、苛立った様子で自分の膝を叩いた。

「何か蓮香につながる証拠でもあったのか？」

「特に、そういったものはないのですが先日後ろ盾である済州の城主様が亡くなられ、第三皇子のご生母であられる徳妃様を妬んだのでは——と」

依依《イーイー》の報告に、耀世《ヨウセイ》様は大きなため息を漏らした。

「即刻、后妃らを集めよ」

「耀世《ヨウセイ》様、深夜でございます」

おそらく后妃を集め、この根拠のない噂を打ち消そうとしているのだろう。

「だが——しかし」

「私は皇后でございます。後宮での問題は私にお任せくださいませ」

私が背筋を伸ばして、そう伝えると耀世《ヨウセイ》様はようやく「そうか……」と落ち着きを取り戻した。


次の朝、各后妃からの挨拶を受けながら私は静かに悩んでいた。

宮女らのように后妃は直接私に疑惑をぶつけてくることはない。何なら偶人など見付かっていないかのように振る舞ってすらいる。

「私、皇后様を陥れようとしている人物を存じております」

だからこそ正二品の后妃である麗婭《リーヤー》様からこの言葉を聞いた時、心底驚かされた。

「陥れる……？」

慎重に言葉を選び、聞き返すと麗姫《リーヤー》様は勢いよく頷いた。

「言い方が悪うございました。正確には徳妃様を呪われた犯人を知っているのでございます」

麗姫《リーヤー》様が何故……という言葉を飲み込み、一度頷くとそれを了承と取ったのか麗姫《リーヤー》様は声を一段落とし、話を続けた。

「犯人は賢妃様でございます」

「賢妃様……ですか？」

賢妃様には子供はいるが、公主だ。後宮での身分は徳妃様よりも上だが、跡継ぎとなりえる男児の母を生んだ徳妃様には立場的に負けてしまうのだ。

「何か証拠でもあるのですか？」

これが公となれば一大事だ。事前に手を打たねばと、私も声をひそめて尋ねると麗《リー》姫《ヤー》様は悪びれた風もなく首を横に振った。

「証拠など、なんとでもなりましょう。徳妃様を呪い殺したとなれば賢妃様の処分は免《まぬが》れませぬ。そうすれば皇后陛下のお立場は安泰ですわ」

背中に冷たいものが流れるのを感じた。

確かに私に子供がいない以上、あの二人が後宮から居なくなれば立場も大きく変わるだろう。正二品の后妃の麗姫《リーヤー》様は、そう私が考えているのではないかと邪推したのだ。

そして私が恐怖を覚えたのは、邪推するだけでなく、それを利用しようとしていることだった。

「あ、大丈夫でございますよ。佩芳《ベイファン》様に聞けば、きっと証拠を偽装して――」

「麗姫《リーヤー》様」

私は短く彼女の名前を呼び、それ以上、彼女が言葉を続けないように制止した。今ならば聞かなかったことにできる。

「そのようなこと二度と口になされますな。麗姫《リーヤー》様のためでもございますよ」

おそらく麗姫《リーヤー》様は賢妃様や徳妃様がいなくなった後、自分が従一品の后妃になれると算段して、賢妃様を犯人とする証拠の偽装を私に提案したのだろう。

「で、ですが……、それでは皇后様がっ」

「私の身にふりかかった疑惑は自分で解決いたしますのでご安心くださいませ」

麗姫《リーヤー》様に下手な期待をさせないよう私はきっぱりとそう宣言する。それがどれだけ効果があるのか――下手をすると逆手に取られるおそれもある気がした。だが今の私にできることは、それ以外なかったのも事実だった。

それから数日後の夜、機織りの仕事をしていた私の元に届いた知らせにさらなる絶望を味わわされることとなった。

「正二品の麗姫《リーヤー》様が徳妃様を呪詛《じゅそ》した罪で大牢に収監されました」

呪いについて話したばかりの麗姫《リーヤー》様が収監されたという事実に眩暈《めまい》すらした。思わず握っていた杼《ひ》に力がこもる。

「どういうこと？」

その知らせを伝えてくれた依依《イーイー》に被せるように尋ねると、それが……と依依《イーイー》は戸惑ったように口を開いた。

「麗姫《リーヤー》様の部屋から徳妃様を呪う証拠が出たのでございます」

「偶人の材料が出たの？」

偶人の材料は言ってみれば木だ。生き物を集めなければいけない蠱毒《こどく》とは異なり誰でも簡単に準備することができる。よほど特殊な木材を使っていたわけでなければ材料が出てきただけで麗姫《リーヤー》様が犯人と決めつけるのは早急すぎる気もした。

「はい。あと……、それだけではなく」

言いにくそうに依依《イーイー》は言葉を区切った。

「大丈夫よ。全部話してちょうだい」

私がそう促すと、ようやく「実は——」と言葉を続けた。

「徳妃様だけではなく貴妃宮へ続く道、賢妃宮へ続く道……、あと皇后様が機織りを行われている元淑妃宮へ続く道からも偶人が出て参りました。ただ何故か、元淑妃宮から出た偶人には皇后様のお名前ではなく淑妃様のお名前が書かれておりまして……」

依依《イーイー》が言いにくそうにしていた理由が分かり、なるほど、と頷く。

「しかも、出てきた偶人のかたちが徳妃様を呪う偶人と全く同じものだったのです」

偶人は木の人形ということで、その形は千差万別だ。中には木の板に人の名前を書いただけの簡素なものもあれば、本格的に人の形をした人形を使うこともある。

「偶人の形が非常に珍しい型でございましたことから、麗婭《リーヤー》様の占い師でなければ作ることは難しいと賢妃様付きの占い師から助言があり、麗婭《リーヤー》様が牢に拘束されるに至ったようです」

私は今朝方の麗婭《リーヤー》様とのやり取りを思い出して大きくため息をつく。

おそらく私への提案が賢妃様に漏れたのだろう。その結果、賢妃様が動かれ麗婭《リーヤー》様が収監されたと考えるのが自然だ。

「薇喩《ビユ》様を呪った蠱毒《こどく》や瑪蝗蠱《ばこうこ》も麗娅《リーヤー》様の占い師が作ったものではないか、ということに……」

彼女が呪いに精通した占い師を抱えていたとは俄《にわ》かに信じがたかった。賢妃様を陥れようとした時ですら青闌《セイイ》様が連れてきた占い師の力を借りようとしていたのだから。

だが後宮内で続いた呪詛事件に幕を引くための役どころは必要となる。麗娅《リーヤー》様は、体よくその役割を押し付けられたのだろう。

「おそらく彼女は無罪よ」

握っていた杼を機に戻し、私はゆっくりと立ち上がった。

「大牢がある場所は、そっちじゃないですよ」

後宮の中を歩く私の袖を引っ張り、林杏《リンシン》は不思議そうに呟いた。

「局長達の住まいはこっちよね」

後宮の宮女達は大きく五つの部署で構成されている。

尚宮局、尚儀局、尚衣局、尚食局、尚功局《しょうこうきょく》。

各局には、宮女らを束ねる局長が在籍している。正五品と后妃に次ぐ身分を有しており、彼女達には一人部屋が割り当てられている。今回の目的地は大牢ではなく、その局長らが住まう棟だった。

「え？　用があるなら、呼べばいいじゃないですか」

尚儀局で宮女として働いていた頃は彼女達に面会するには出向かなければいけなかった。しかし、皇后となった今であれば呼び出すことも可能だろう。

「皇后様は真犯人を捕まえに来たのですよね？」

突然、青闇《セイイ》様から、そう声をかけられ私達は、はたと足を止めた。

私が警戒しているのを察したのだろう。青闇《セイイ》様はゆっくりとした足取りで私達との距離を縮めながら推理を披露し始めた。

「従一品の妃らが被害者となり、正二品の妃が容疑者となりましたら……次は局長らに対する呪いが発覚するのが効果的でしょう」

「犯人と思われている后妃が拘束されている中、新たに呪いが発見されれば私が真犯人だと思う人も出てくるでしょうね」

淡々とした口調で青闇《セイイ》様の言葉を肯定する。

「やはり皇后様は素晴らしい。私と同じことを考えられていたんですね。でも……、私の方がちょっと早かった」

青闇《セイイ》様は嬉しそうに笑うと、私の肩に手をポンっと置いた。

「局長の部屋の前を部下に張らせておりましたら、偶人をしかける犯人を捕らえることができました」

意外な発言に私は目を丸くする。青闈《セイイ》様はてっきり私を犯人にしたて上げようとしているのだと思っていたからだ。

「そ、その者は……」

「今、衛兵に引き渡しておりますが、正二品の后妃様付きの占い師でなく淑妃様付きの占い師でした」

「誠ですか……」

今回の一件の黒幕は淑妃様ということになるのだろうか。俄かに信じがたく、小さく唸る私に気付いたのか青闈《セイイ》様は小さく笑った。

「犯人は『皇后様に直々に雇われ淑妃付きの占い師となった』『上級妃、皇子、公主、主要局長を呪うよう指示された』と証言しております」

「私は、呪いで人を殺そうとなんてしません」

私は思わず感情的に叫んでしまった。

呪いという負の感情は確かに存在する。それによって人が死に至ることもあるが、非常に特殊な例だ。もし本当に私が上級妃らを殺そうとするならば、物理的な方法を

すよ」

「さらに『皇帝に情蠱《じょうこ》の呪いを仕掛けるように指示された』とも自白しているんで

指示するだろう。

「情蠱なんて！」

とんでもない言い分に悲鳴に近い声が上がる。

「情蠱って何ですか、そんな悪質な呪いなんですか？」

私の隣にいた林杏《リンシン》は不思議そうにそう尋ねてきた。

「いわゆる惚れ薬よ」

私が吐き捨てるようにそう言うと林杏《リンシン》は「えー」と声を上げた。

「そんな呪いもあるんですね。どうやって作るんですか？」

その呑気な口調に思わずムッとしてしまう。悪気はないのだろうが、これでは私が

呪いを仕掛けたと言わんばかりではないか。

「知らないわよっ！」

「皇帝陛下が皇后様を寵愛しているのは、呪いのせいだったのではないかという疑惑

まで浮上しています」

林杏《リンシン》の言葉を短く否定した私に代わり、青闈《セイイ》様は諭すようにそう言った。

「あー、確かに陛下の溺愛ぶりは異常ですからね。織物の仕事がしやすいように、って仕事部屋としていた元淑妃宮から皇后宮への道を作らせた程ですもん」

「それは本当ですか？」

大げさに驚く青闇《セイイ》様に林杏《リンシン》は、「そうなんですよー」と頷いた。

「宮女の宮とか廊下がいくつか潰《つぶ》されて作られたんですよね」

「それは凄い。『呪いだ』と言われた方が、違和感がありませんね」

青闇《セイイ》様は楽しそうにそう言うと、「ですが」とその口調をガラリと真剣なものへと変えた。

「このままでは皇后様が全ての黒幕、ということになりかねませんね。犯人にお会いになられませんか？」

確かに解決するためには犯人と会う必要がありそうだ。

「承知しました。林杏《リンシン》、悪いけど着替えるの手伝ってくれるかしら？　そうね……、鳳凰の意匠の着物がいいわ」

「あ、皇后様の威厳が凄い出る着物ですね！　面倒ですけど承知しました！」

嬉々としてそう答えた林杏《リンシン》だが、半刻もしないうちに自分の発言を後悔することになったのは言うまでもない。

香油でまとめ結われた髪には、これでもかというほど髪飾りが付けられている。しかもただの髪飾りではない。翡翠《ひすい》に真珠、金と贅をこらした最高級の髪飾りだ。念のためにと犯人との面会に同席してくださってる薇喩《ビユ》様から「よい趣味でございますね」と嫌味を言ってもらえる程の出来栄えだ。

一歩踏み出す度に、衣擦れの音と共に高価な香の匂いがあたりには振りまかれる。誰が見ても『皇后』と分かるいでたちだ。

黴《カビ》の匂いが充満した大牢には似つかわしくない匂いを放ちながら、『皇后様に雇われた犯人』を小さな部屋で待つことにした。

「蓮香、大丈夫か」

皇帝の姿で同席した耀世《ヨウセイ》様は、心から心配していると言わんばかりにそう言った。

「大丈夫でございます」

私がそう言って、耀世《ヨウセイ》様から三歩下がった瞬間、部屋に犯人とされる占い師が通された。

「そなたが皇后に雇われた占い師か？」

不機嫌そうに耀世《ヨウセイ》様が問うと、衛兵は背中を押し、占い師を床に跪かせた。

「はい。皇后陛下から直々に依頼をいただきました」

「皇后にか？　後宮からほとんど出ないのだぞ？」

歴代の皇后様と比べると頻繁に後宮から出ているが、あえて彼の言葉を否定することはしなかった。

「勿論でございます。初めてお会いしたのは、皇后様がまだ宮女の頃でございました。今は豪華絢爛なお着物をお召しですが、宮女時代から可愛らしいその容姿は変わられておりません」

「可愛らしい……か」

不機嫌そうに耀世《ヨウセイ》様が尋ねると、占い師は下卑た笑いを浮かべた。

「その大きな瞳、貴族の娘にはない純朴で可愛らしい雰囲気もおありで……、情蠱を使わずとも陛下は魅了されるはずだと申し上げましたが、どうしても皇后になりたい――とおっしゃり」

「純朴で可愛いだと……蓮香は美しい」

耀世《ヨウセイ》様は占い師の評価を切り捨てるように短くそう言い放った。

「そ、それは情蠱を使われているからそのように見えるのでございます」

少しうろたえた占い師に、耀世《ヨウセイ》様はさらに怒りが高まったのか「違う」と短く否定した。

「子供の頃から蓮香はずっと美しかった。もしこの気持ちが呪いによるものならば、蓮香は子供の時分に私に呪いをかけたということになるが？」

「陛下、でも私がどっちかというと可愛い感じなのは間違っていませんよ」

耀世《ヨウセイ》様の隣で、嬉しそうにそう言ったのは皇后の着物を身にまとった林杏《リンシン》だった。

私の代わりに皇后の着物を着て、椅子に座ってもらっていたのだ。

「宮女の時に会ったのならば、なおのこと分かるだろ。蓮香はこっちだ」

耀世《ヨウセイ》様はそう言うと後ろで控えていた私の腕を引いて、自分の隣に立たせた。

「え……、こ、皇后陛下？」

「この者を即刻打ち首にせよ」

このまま腰の剣を抜いて占い師に切りつけんばかりの気迫で、そう言った耀世《ヨウセイ》様を止めたのは薔喩《ビユ》様だった。

「ここで殺しては、処刑となり記録に残ります。事故死に見せかけて処分いたしましょう」

まるで荷物の処分の仕方を提案するように、そう言った薔喩《ビユ》様に占い師は小さく「ひぃ」と悲鳴を上げた。

「た、ただ雇われただけなんです！　皇帝陛下からの寵愛が厚い皇后様の名前を出せば命は助けてもらえるといわれたんです！！」

叫ぶようにしてそう言った占い師の言葉は動揺していたが、嘘は含まれていないことがハッキリと分かった。

「私は売れない占い師でございました。『蠱毒《こどく》』が使えるならば金になると思い書物などを読み漁り学びましたが、蠱師の組織ではないため信用されず呪いに関する仕事は全くと言っていい程ございませんでした」

『蠱毒《こどく》』を作り出す人間を蠱師と呼ぶ。今回の占い師のように単独で存在することはなく、組織で徒党を組んで生活している。そして呪いの依頼も組織を通して受けることが大半だ。

というのも蠱毒《こどく》は作っているところも呪詛しているところも見られてはいけないという大前提があるからだ。そのため私の村のように組織で依頼を受けるのでなければ成立しない。

つまり蠱師として仕事を受けるためには、そもそも組織の一員でなければいけないのだ。勿論、組織に属していない蠱師もいるが、よほどの伝手《つて》などがないと仕事を受けるのは難しいだろう。

「そんなある日、酒場で辻占《つじうらな》いをしていたところ、後宮で占い師をしている――という人物から今回の仕事を持ち掛けられました」

「後宮の占い師とな……」

そう呟いた耀世《ヨウセイ》様に、占い師は頭がもげんばかりに勢いよく首を縦に振った。

「はい！　といっても……、依頼者に後宮で会うことはできず、後宮では宮女に住まいを用意してもらいました。その後は届けられた文の通りに偶人を仕掛けただけでございます」

その宮女はおそらく後宮に増えた后妃付きの占い師の一人と思い込んでいたのだろう。

「そもそも今回の偶人は私が学んだ蠱毒《こどく》とは異なるものなので、自分が行っていることが呪いになるのかも分かりませんでした」

呪いというくくりの中では同じであるが、生き物を使って作る蠱毒《こどく》と木の人形を使って呪う偶人ではその性質は大きく異なる。

「ただ指定された通路に埋めれば報酬がもらえると聞いたので……」

「そんな仕事で大金がもらえるわけないじゃないですか。怪しいと思わなかったんですか？」

青闇《セイイ》様は馬鹿にしたように呟く。

「黒幕となる犯人がいるわけだな」

私が犯人ではないという線が濃厚になり嬉しかったのだろう。そう言った耀世《ヨウセイ》様の声は明るくなっていた。

「その黒幕は、こんな使えない占い師で徳妃様達や局長を呪って何がしたかったんでしょうね」

林杏《リンシン》は不思議そうに、そう言って首を傾げる。

「犯人は呪いをかけることが目的ではなかったのよ」

「どういうことだ？」

私の推理に耀世《ヨウセイ》様は不思議そうに尋ねた。

「蠱毒《こどく》で人を呪う際は、蠱毒《こどく》を作るところや所持しているところを人に見られてはいけない、とされています。これは偶人においても同じです。ですが、黒幕は自ら偶人をしかけるのではなく、この占い師を使いました」

その時点で偶人は呪いの効力を持っていない。瑪蝗蠱《ばこうこ》などをはじめ様々な種類の蠱《こ》毒《どく》を用意した犯人だ。おそらくその事実も重々承知しているだろう。

「では犯人は最初から効果がないと分かっていて、渡したのか？」

耀世《ヨウセイ》様の疑問を私は静かに頷いて肯定する。

「おそらく犯人は後宮の人間に対し『自分も容疑者とされてしまうのではないか』『誰かに密告されるのではないか』と疑心暗鬼にさせるのが目的だったのでしょう」

分かりやすい凶器などが出てこない『呪い』という犯行の性質上、「やっていない」と証明をするのは非常に難しいだろう。逆を言うならば、容疑者にされた時点で罪が確定されるようなものだ。

麗姫《リーヤー》様が貴妃様を陥れようとしたように、誰かを『呪い』の犯人に仕立てることで自分の後宮での立場を強くしようと考える人間は少なくないに違いない。

「現に正二品の后妃をはじめ、賢妃も密告しているな」

決して褒められる行為ではないが、あの場で賢妃様が麗姫《リーヤー》様を密告しなければ彼女が犯人にされてしまっていただろう。

「後宮で呪詛の類を使った場合、死罪と決まっております。そのことも手伝いおそらく後宮の人間は『自分が無実の罪で告発されるのではないか』と疑心暗鬼になっていったのでしょう」

「おそらくこのまま放っておけば、后妃だけでなく宮女らも密告しあうことになったであろうな」

薇喩《ビユ》様は呆れたように私の言葉を肯定した。

「全ての犯行の手引きをされた犯人は佩芳《ベイファン》様ではございませんか？」

私はそう言って、素知らぬ顔で後ろに控えていた佩芳《ベイファン》様に振り返った。

「事件が起これば必ず蠱毒《こどく》を見分けられていた」

さらに言うならば、彼が足を踏み入れた場所から都合よく蠱毒《こどく》が出てきていた。

「そ、それでしたら青闈《セイイ》様も一緒でございました」

佩芳《ベイファン》さんの主張に私は確かに、と頷く。蠱毒《こどく》が発見される時、必ずと言っていいほどこの二人は一緒にいた。

「ですが倭国の大使でいらっしゃる青闈《セイイ》様は決して後宮の地理に明るくありません。実行犯に手紙を書いて指示するなど――難しいのではないでしょうか」

一つの村程の大きさを誇る後宮は非常に広大で、入りたての新人宮女などはよく道に迷っている。

「こ、これです！　細かく書いてありました」

自分の命が助かる可能性を見出したのだろう。偶人を埋めていたという占い師が慌てて懐から一枚の紙を取り出した。

「確かに仔細に指示があるな。貴妃、徳妃、賢妃――淑妃？」

衛兵から紙を受け取った耀世《ヨウセイ》様は、最後の言葉で声を止める。

「先帝時代に宦官だった佩芳《ベイファン》さんは、かつて後宮については誰よりもご存知だったのではございませんか？」

後宮をしばらく離れていた今でも図面でその場所を仔細に指示できる程、彼は後宮について知り尽くしていたのだろう。

「ですが私が宮女時代に陛下から淑妃宮を与えられ、現在もその宮を仕事部屋としていることまではご存知なかった」

「だから淑妃宮へ続く道ではなく、蓮香様の宮へ続く道で偶人が見つかったんですね」

林杏《リンシン》は、髪飾りをジャラジャラと鳴らしながら私へ振り返りそう言った。

「何故、そのようなことを」

理解しかねると言わんばかりに耀世《ヨウセイ》様は、佩芳《ベイファン》さんへ尋ねるが彼からの返答はなかった。

「呪いで混乱した我が後宮を占いの力で支配したかったのではございませんか？」

疑心暗鬼になった人々は、はっきりとした未来を指し示してくれる占い師に依存するようになるだろう。おそらく蠱毒《こどく》や偶人の犯人捜しが激化すればするほど、彼らに対する信頼は増したはずだ。

「そのような単純な話ではない！」

これまでは宦官のような高い声を出していた佩芳《ベイファン》さんだったが、そう叫んだ声は腹から吐き出されたような低く太い声だった。

「お前のような小娘に何が分かる！　呪詛について俄か知識を持っているからと分かったような口をききおって！」

私の言葉が彼の中の占い師としての矜持《きょうじ》を刺激したのかもしれない。あまりの勢いに、あたりに彼の唾液が飛ぶ音がした。

「私は、この後宮で人による蠱毒《こどく》を完成させたかったのだよ」

「蠱毒《こどく》を？」

言っている意味が分からず、聞き返すと佩芳《ベイファン》さんは、高らかな笑い声をあげた。

「ほれ、見ろ！　何も分かっておらぬ」

「どういうことだ」

そう私の代わりに尋ねたのは、青闈《セイイ》様だった。その言葉は珍しく厳しさがはらんでおり、明らかに苛立っているのが伝わってきた。

「蠱毒《こどく》は、一つの容器の中で蠱物を戦わせ生き残った蠱物で毒を作製します。使う蠱物によって名前や性質が変わります。例えば蛭を使った場合は、瑪蝗蠱《ばこうこ》と――」

使う蠱物やその死にざまが壮絶であればある程、呪いの効果は甚大となるといわれている。

「これが人間ならばどうだろう――と考えたのでございます」

あまりにも趣味の悪い思い付きに私は思わず眉をしかめてしまう。

「虫や小動物と異なり、人間は悪意や憎悪という感情を持っております。蠱など比べ物にならない程の憎悪の塊《かたまり》となるでしょう。最後に生き残った人間で作る毒はどれ程のものか」

恍惚《こうこつ》とした調子で佩芳《ベイファン》さんは、言い切った。

おそらく最後に残る人間は私でも薇喩《ビユ》様でも誰でもよかったのだろう。確かに密告に密告が続き、冤罪で人々が亡くなったとしたら、そこに残った人間は後宮中の憎しみを一身に集めた人間に違いないのだから。

◇◇◇

「私が連れてきた占い師が大変申し訳ないことを致しました」

「後宮を呪う」と叫ぶ佩芳《ベイファン》さんが衛兵によって連れていかれると、周囲の目を気にすることなく青闇《セイイ》様は頭を下げた。

「大事になる前でしたので――」

耀世《ヨウセイ》様は、少し嬉しそうにそう言った。どうやら初めて青闇《セイイ》様より優位な立場になれたのが嬉しかったのかもしれない。しかし、佩芳《ベイファン》さんによって誰かが呪い殺されたわけではない。

「ところで何故あのような者をお連れになられたのでしょう」

佩芳《ベイファン》さんは倭国の人間ではなく、青闇《セイイ》様が我が国で見つけた占い師だったという。

「実は――、生き別れた妹が後宮にいると言い当てたんです」

「妹？」

耀世《ヨウセイ》様は、怪訝そうに首を傾げた。それと同時に青闇《セイイ》様の後ろに控えていた薇喩《ビユ》様が大きくため息をつく音が聞こえた。

「我が国には私を含め三人の皇子と六人の皇女がおりました」

「薇喩《ビユ》殿だけでなく倭国の公主様方は各国に嫁いでいると聞いてます」

耀世《ヨウセイ》様の言う通り倭国は我が国同様、婚姻によって諸外国との和平を築いている。そのため薇喩《ビユ》様をはじめ倭国の公主が皆隣国へ嫁いでいることは周知の事実だった。

「ですが……、たしか公主様は五人ではございませんか？」

耀世《ヨウセイ》様の問いに青闈《セイイ》様は「いいえ」と心から落胆したように呟いた。

「末の第五公主には、双子の妹が『いた』んです」

「第五公主は淑恵《シユクエイ》と申します」

薇喩《ビユ》様は少し苛立ったように持っていた扇で自らを煽《あお》ぎながら青闈《セイイ》様の言葉を遮るようにそう言った。

「そして淑恵《シユクエイ》の双子の妹は生まれて間もない頃、誘拐されてしまったんです」

青闈《セイイ》様は辛そうにそう呟くと、ギュッと何かを握りしめる音が聞こえた。おそらく自分の袖をつかんでいるのだろう。

「当初は金銭目的の誘拐とみてましたが犯人からは何の要求もなく――。遺体が出てくるわけでもなく。そこで私は今まで妹を探し続けていたんです」

「兄上は特に末の妹・淑恵《シユクエイ》を猫可愛がりしているんです」

呆れたような薇喩《ビユ》様の口調から察するに、おそらくもう倭国では誘拐された第五公主の双子の妹の行方は誰も探していないのだろう。誘拐から一年も過ぎれば、残酷ではあるがその子供の命はないと考えるのが自然だ。

「そんな中、あの占い師に『後宮に捜し人がいる』と言われ、薇喩《ビユ》に聞くと淑恵《シユクエイ》そっくりの蓮香様がいると聞かされました」

とんでもない事実に私も耀世《ヨウセイ》様も言葉を失ってしまった。

「そ、それは他人の空似なのではなく？」

ようやく絞り出した耀世《ヨウセイ》様の言葉を青闇《セイイ》様は勢いよく首を横に振って否定した。

「私も後宮に来た当初はそう思いました。単に淑恵《シュクエイ》に似たような顔立ちをしている方だと……、そこで絵師に小金を握らせ探らせました」

「絵師って……、あの？」

半月前、私の部屋にいた絵師のことを事を思い出し、ハッと息をのむ。

「はい。皇后様の肖像画を描いているという絵師がいると聞いて、金を握らせある特徴を調べさせました」

「双子の妹達の二の腕には生まれつき花のような痣がありました。しかも二人の腕を合わせると、蓮の花となる不思議な痣です」

「あ、そういえば蓮香様の腕にもありましたよね！　そんな痣」

林杏《リンシン》は驚いたように声を上げた。入浴を手伝うようになった当初、林杏《リンシン》に「これ落ちませんね」と私の腕をしつこく擦られたことを思い出した。

「こちらをご覧ください」

青闇《セイイ》様はそう言うと、布がめくれる音がした。

「兄上は妹を探す手がかりとして淑恵《シユクエイ》の腕にある痣と同じ痣を自分の腕に刺青《しせい》として彫らせたのでございます」

「そ……それはすごいですね」

妹を探し出すというその執念に似た気迫に、思わず苦笑しかけるがその場に流れる空気を察し、グッと堪える。

「絵師が描いた痣の形を見て私は蓮香様が私の妹だということを確信いたしました」

「それでは……、ずっと愛おしそうに見ていたのは……」

自分が大きな勘違いをしていたことに気付いたのだろう。耀世《ヨウセイ》様は唖然とした様子でそう呟いた。

「気付かれていましたか。長年、探していた妹に出会えて、感極まっていたのです」

照れているのだろうか、青闈《セイイ》様はそう言って頭をかいた。

「しかし、それならば、それと早く言っていただければ」

耀世《ヨウセイ》様の言い分はもっともだ。隠さなければ青闈《セイイ》様を警戒することもなかった。

「薇喩《ビユ》に止められました」

少し責めるような口調でそう言った青闈《セイイ》様を「当たり前でございます」と薇喩《ビユ》様は一笑に付した。

「誘拐された倭国の公主が、紫陽国にいるということが公になりましたら、紫陽国による犯行だったのではないかという疑惑が浮上してしまいます」

薇喩《ビユ》様の言い分は尤もだ。犯人が捕まっていない以上、紫陽国に疑惑の目が向けられるのは避けられない。下手すると戦のきっかけにもなってしまうだろう。

「皇后の地位から失脚させ、我が国へ連れ帰ろうとも考えましたが、陛下が蓮香を何よりも大切にしているのが今回の件で痛いほど分かりました」

青闈《セイイ》様は呆れたようにひとしきり笑うと、「ですので」と口調を改めた。

「養父であった済州の城主様が亡くなられた今、蓮香を正式に我が国の公主として迎えたいと考えています」

「それは願ってもない話だが……」

耀世《ヨウセイ》様は何かを考えるかのように、言葉をとぎらせた。

おそらく私が倭国の公主だということを正式に認めてしまうと、我が国に薇喩《ビユ》様と私の二人の公主が倭国から嫁いでいる状態を公認することになると気付いたのだろう。

それは他国との均衡が崩れるきっかけになりかねない。

「妾でしたら倭国へ帰ります」

そんな耀世《ヨウセイ》様の苦悩に気付いたのか、薇喩《ビユ》様はあっけらかんとした調子でそう言った。

「だが瑛庚《エイコウ》は……」

「瑛庚《エイコウ》様は諦めます」

耀世《ヨウセイ》様の言葉を小さく笑いながら遮ると、薇喩《ビユ》様はそう呟いた。

「長年、妹かもしれないと思いながら黙っていた妾への罰でございます」

それは嘘だった。おそらく薇喩《ビユ》様は私が妹であることを知りながら、それでも二人で後宮にいられる方法を画策してくれていたのだろう。だからこそ親身になって皇后教育も行ってくれたし、後宮内で反乱が起きそうになった時はその鎮静に力を貸してくれた。

「姉上……」

その言葉が薇喩《ビユ》様に向けられるべきものか、小さく呟いて確認してみるが明確な答えは自分の中で見いだせなかった。

歯がゆさを感じていると突然、風が勢いよく部屋に吹き込んできた。牡丹の香りをはらんだそれは、私をからかうように小さな響きと共に吹き去っていった。

# 終章　暗闇の頬冠《ほおかむり》

干し草と馬の匂いが広がる、深夜の厩舎《きゅうしゃ》で私は耀世《ヨウセイ》様と二人で肩を並べていた。

「絶影《ぜつえい》、寂しくなるな」

愛おしそうにそう呟くと耀世《ヨウセイ》様は、ゆっくりと馬を撫でた。その音は決して大きくはなかったが、心から慈しんでいる様子が伝わってくるから不思議だ。

「後宮に来てからずっと一緒だったからな」

そう言って絶影の体を触ったのは瑛庚《エイコウ》様だった。

「本当にいいのか？」

絶影に鞍《くら》を載せながら瑛庚《エイコウ》様は訝し気に尋ねるが、耀世《ヨウセイ》様は勿論だと迷いなく頷く。

「薇喩《ビユ》に一番似合う馬だろ。気高く誰よりも強い――」

「こんな夜中に、妾の悪口でございますか？」

耀世《ヨウセイ》様の言葉を遮るようにして現れたのは、薇喩《ビユ》様だった。

「深夜に呼び出して何事かと思えば……。して部屋でできないお話とは何でございましょうか？」

微かな怒気がこもるその言葉に思わず唾を飲み込んだ。

「絶影でお逃げください」

「何を申す！」

私の提案を薇喩《ビユ》様は、すぐさま否定した。

「雲州《うんしゅう》に離宮がある。そこで身を隠せるよう蓮香が手配をしてくれた」

耀世《ヨウセイ》様はそう言うと、絶影の体を優しく叩いた。

「これに乗って行け。着物も用意してある。偽の手形も用意した故、気付かれないはずだ。明日では遅い。青闔《セイイ》様が力ずくでも連れて帰るだろう」

「で……ですが……」

薇喩《ビユ》様の声は震え、何かを探すようにゆっくりと顔を伏せた。

「倭国に行ったら絶対、この国には戻って来れなくなるぞ。ほとぼりが冷めたら、後宮へ呼び戻すから――」

「瑛庚《エイコウ》様です」

叫ぶようにしてそう言うと薇喩《ビユ》様は、瑛庚《エイコウ》様へと抱き着いた。小さくギュッと瑛庚《エイコウ》様の着物を握りしめる音が聞こえてくる。その手は微かに震えており、拒絶されるのを恐れているのが伝わってきた。

「紫陽国や後宮ではございません。妾は瑛庚《エイコウ》様から離れたくないのでございます」

そう言った薇喩《ビユ》様は、普段の彼女からは想像もできない程取り乱していた。

「本当に俺でいいの？」

瑛庚《エイコウ》様は驚く様子もなく、いつもの調子でそう尋ね、ゆっくりと薇喩《ビユ》様の頭を撫でた。

「皇帝ではないし、なれても皇帝の側近の宦官だぞ？」

二人の皇帝がいては内乱の元になるということで、宦官の耀世《ヨウセイ》様は亡くなったことになっている。現在、耀世《ヨウセイ》様が皇帝として生きているが、あくまでも『生き残ったもう一人の皇帝』としてだ。

「瑛庚《エイコウ》様がいいのでございます」

薇喩《ビユ》様は、瑛庚《エイコウ》様の胸に顔をうずめるようにして再びそう叫んだ。

「後悔しないか？　倭国に帰れば、有力貴族を夫にできるんだぞ？」

「瑛庚《エイコウ》様でなければ、意味がございません」

薇喩《ビユ》様は念を押すようにそう叫ぶと、声を押し殺して泣き始めた。

「あなたが好きなんです」

それはとても小さな声だったが、瑛庚《エイコウ》様の耳にも届いたのだろう。おそらく彼女が後宮で過ごしていた間、胸に秘めていた想いに違いない。今までそれを口にすることを恐れていたのだろう。薇喩《ビユ》様は微かにだが震えていた。

「仕方ないか」と諦めたように小さく笑うと、瑛庚《エイコウ》様は薇喩《ビユ》様を引き離して素早く馬にまたがった。

薇喩《ビユ》様は、あっ、と驚いたように声を上げた。

「俺が後宮を出ていくときは、一緒に連れて行くって約束したもんな」

そう言って差し出された手にすがりつくようにして薇喩《ビユ》様が駆け寄る。次の瞬間、瑛庚《エイコウ》様は勢いをつけて薇喩《ビユ》様を馬の上へと引き上げた。

「じゃあ、耀世《ヨウセイ》、一人で大変だと思うけど頑張れよ」

まるで散歩をしてくる——といった調子で瑛庚《エイコウ》様は、手綱を引き馬を走らせた。二人を乗せた絶影は、まるで疾風のように私達の前を駆け抜けると漆黒の闇の中に溶け込むように、その姿を消した。

# 参考文献

村上文崇（2018）『中国最凶の呪い　蠱毒《こどく》』彩図社
秋山智隆（2001）『毒虫の飼育・繁殖マニュアル』データハウス
水木しげる（1990）『水木しげるの中国妖怪辞典』東京堂出版
大岡敏昭（2002）『中国の古代住宅の展開と日本住宅との関連性に関する研究』住総研　研究年報 NO.29
笹本武志（2003）『雅楽入門事典』東京堂出版
笹本武志（2003）『はじめての雅楽　笙・篳篥・龍笛を吹いてみよう』東京堂出版
岡田譲（1991）『日本の漆芸⑹螺鈿・鎌倉彫・沈金』中央公論社
中村鶴城（2006）『琵琶を知る』出版芸術社
組紐・組物学会（2011）『組紐と組物』株式会社テクスト

・この物語はフィクションです。
実在の人物、団体などには一切関係ありません。

双葉文庫

こ-31-05

盲目《もうもく》の織姫《おりひめ》は後宮《こうきゅう》で皇帝《こうてい》との恋《こい》を紡《つむ》ぐ❺

2022年2月12日　第1刷発行

【著者】
小早川真寛《こばやかわまひろ》

【発行者】
島野浩二
【発行所】
株式会社双葉社
〒162-8540 東京都新宿区東五軒町3番28号
［電話］03-5261-4818（営業部）　03-5261-4851（編集部）
www.futabasha.co.jp（双葉社の書籍・コミックが買えます）
【印刷所】
中央精版印刷株式会社
【製本所】
中央精版印刷株式会社

【フォーマット・デザイン】
日下潤一

---



---

ISBN978-4-575-52544-1 C0193
Printed in Japan

FUTABA BUNKO

出雲のあやかしホテルに就職します
硝子町玻璃
Garasumachi Hari
女子大生の時町見初は、幼い頃から「あやかし」や「幽霊」が見える特殊な力を持っていた。誰にも言えない力を抱え、苦悩することも多かった彼女だが、現在最も頭を悩ましている問題は、自身の就職活動だった。受けれども受けれども、面接は連戦連敗。まさに、お先真っ黒。しかしそんな時、大学の就職支援センターが、ある求人票を見初に紹介する。それは幽霊が出るとの噂が絶えない、出雲の曰くつきホテルの求人で――。「妖怪」や「神様」たちが泊まりにくる出雲のホテルを舞台にした、笑って泣けるあやかしドラマ!!

発行・株式会社　双葉社